格致文库

# 有梦楼随笔

启之 著

山西出版传媒集团
北岳文艺出版社
BEIYUE LITERATURE & ART PUBLISHING HOUSE
·太原·

图书在版编目（CIP）数据

有梦楼随笔 / 启之著 . — 2 版 . — 太原 : 北岳文艺出版社 , 2020.9

ISBN 978-7-5378-6250-9

Ⅰ . ①有… Ⅱ . ①启… Ⅲ . ①随笔－作品集－中国－当代 Ⅳ . ① I267.1

中国版本图书馆 CIP 数据核字（2020）第 137792 号

书　　名：有梦楼随笔
著　　者：启　之
责任编辑：韩玉峰
装帧设计：鸿儒文轩

---

出版发行：山西出版传媒集团 · 北岳文艺出版社
地　　址：山西省太原市并州南路 57 号
邮　　编：030012
电　　话：0351-5628696（发行部）
　　　　　0351-5628688（总编室）
网　　址：http://www.bywy.com
E － mail：bywycbs@163.com
经 销 商：新华书店
印刷装订：山西万佳印业有限公司

---

开　　本：787mm × 1092mm　　1/32
字　　数：104 千字
印　　张：5.75
版　　次：2020 年 9 月第 2 版
印　　次：2020 年 9 月山西第 1 次印刷
书　　号：ISBN 978-7-5378-6250-9
定　　价：48.00 元

# 目录

第二辑：碎　影

# 第一辑：闲言

# 时代与命运：塔尔科夫斯基和他的电影

关心中国，势必要关心苏联。前者以后者为殷鉴，后者为前者之参照。这里，我只谈电影，只谈安德烈·塔尔科夫斯基（1932—1986）。

## 一、解冻：作协书记自杀

三十岁以前，命运之神对塔尔科夫斯基相当关照，虽然父母离异，战火连天，缺吃少穿，母亲还是把他送进了艺术学校让他学音乐和美术。一直到成年，母亲是怎样做到这一点的，对于他来说仍旧是个谜。在东方大学，他接触了一些不务正业的年轻人，母亲采取果断措施，把他送到地质队，经过上千公里的科学考察，他从一个准问题青年变成了一个懂事上进的小伙子。这样的教育和经历对他学电影大有益处，不过报考电影学院多少沾了他父亲的光——他的父亲是个小有名气的诗人，优秀的翻译家，他的父亲有一个朋友在莫斯科电影学院当教师。在这位父执的推荐下，塔尔科夫斯基顺利考取电影学院，投到名教授罗姆门下。

那是1956年。

就在这一年的5月13日，《青年近卫军》的作者用手枪击穿了自己的脑袋。官方传媒口径一致：苏联著名作家，苏联作协总书记法捷耶夫同志因病去世。这个消息震惊了苏联文坛，好事者猜测，法捷耶夫的自杀与肖洛霍夫在二十大上的发言有关。其实，肖洛霍夫对法捷耶夫的批评根本没说到点子上："在过去的十五年中，他无论作为总书记，还是作为作家，什么也没有干。"[①]十五年来，法捷耶夫不是什么也没干，而是干得太多了——二十大公布的文件证明，他曾追随斯大林，对知识分子进行大规模的清洗，使无数忠于苏维埃的知识分子倒在枪口下，病死在大狱里，苟存于集中营内。他曾紧跟苏维埃的伟大缔造者起草过无数份文件，发出过无数个指示，千方百计地限制作家们的思想，封杀、批判他们的作品。当这些或死或活的人们一批接着一批地平反昭雪，当这些"毒草"成了重放的鲜花而大批印刷的时候，这位当年的清洗者除了把自己的肉体从世上清洗掉，别无选择。

①〔美〕马·斯洛宁：《解冻》，北京大学俄语系俄罗斯文学研究室编译《西方论苏联当代文学》，北京大学出版社，1982年版，第9页。

年轻的塔尔科夫斯基对政治既没兴趣也不关心。他没想到，法捷耶夫的自杀象征着一个旧时代的结束，一个新时代的开始。没有这个解冻的时代，就不会有五十年代导演的成就，不会有莫斯科电影学院的云蒸霞蔚、虎跃龙腾。

“力田不如逢年，善仕不如遇合。”塔尔科夫斯基生逢其时，在学院里，上有恩师，下有同志，真是如鱼得水。他的老师罗姆是著名编导，《普通法西斯》享誉内外；罗姆又是杰出的教育家，人老心红，一身数任，既是专业上的教师，又是为电影艺术冲锋陷阵的骑士，还时不时地充当新观念的“接生婆”。讲台上，他毫无保留地教学生；讲台下，他常常为这些穷小子慷慨解囊。在电影厂，他为这些新生力量撑腰；在电影委员会，他替他们的作品据理力争。

在塔尔科夫斯基入学前，罗姆的帐下已经聚集了一批学院派精英，这些新秀们吃过苦、打过仗、经历过生死场，阅历丰富而心智深广。虽然他们对恩师的教诲并非言听计从，对他的无私奉献也并不总是涌泉相报，但是这些雄心勃勃的家伙们在艺术上却像恩师一样执着。他们一面学习，一面创作，倾注全力用摄影机吐露真情，挖掘人性。新思想、新方法、新作品汩汩而出。《一个人的诞生》《不称心的女婿》《土地和人民》《蹦来蹦去的人》《狂欢节之夜》《第四十一个》等影片让人耳目一新，《雁南飞》更是轰动了20世纪50年代后期的世界影坛。米哈依尔·卡拉托佐夫、瓦西里·奥尔登斯基、C·萨姆桑诺夫、斯·罗斯托茨基、艾·梁赞诺夫、格·丘赫莱依、钦·阿布拉捷、胡奇耶夫等导演成了60年代苏联电影的中流砥柱，《雁南飞》开辟的“新现实主义”挣脱了斯大林时代的文艺教条，摄影机不再是“把关人”的眼睛，日常生活不再成为禁区，纪念碑式的宏大叙事不再是唯一的表现手法。

## 二、乍暖还寒：《伊凡的童年》

使这一切成为现实的不是艺术家的才华，不是罗姆先生的侠义，不是电影委员会的好心，归根到底是苏联的政治空气——赫鲁晓夫，在国际会议上用皮鞋敲桌子的鲁汉子，从二十大开始的“非斯大林化”为这些导演的成名、成家铺平了道路。塔尔科夫斯基躬逢其盛，中年导演的成就让他大开眼界，伯格曼、费里尼、布莱松、黑泽明的影片让他着迷，他兼收并蓄，甚至是囫囵吞枣地吸收着国内外的养料。那劲头让人想起“文革”结束后的中国大学生，想起了第五代导演在朱辛庄的峥嵘岁月。塔尔科夫斯基的辛苦没有白费，他的毕业作，七部半中的所谓半部电影——《压路机与小提琴》，思想清新，叙事流畅，风格隽永，大获好评。

1960年，塔尔科夫斯基毕业，赫鲁晓夫正在准备进行第二次文艺解冻，勃列日涅夫升任最高苏维埃主席团主席。在河水重新冰封之前，苏联人还有三年的时间，这三年足够塔尔科夫斯基拍出一部震惊世界的电影。天降大任于斯人，莫斯科电影厂批准他接手《伊凡的童年》。

《伊凡的童年》当时已拍了一半，钱没少花，劲没少费，胶片没少用，得到的却只是平庸——小侦察兵伊凡遇难呈祥，残酷的卫国战争成了快乐的军事游戏。在罗姆的鼎力推荐下，塔尔科夫斯基接过了这个“烫手山芋”。他重写剧本，重找演员，重选外景，平均每天以40.7米的进度向前推进。五个月后电影完成，不但为电影厂节省了24000卢布，并且创造了发行上的奇迹——卖出了1500个拷贝。如果只做到这一点，还算不了什么，更令人惊服的是，它在众多表现战争对人的毁灭性打击的影片中，独辟蹊径，以简朴而又富有诗意的电影语言，表现了战争对儿童心理的摧残。

塔尔科夫斯基拍完《伊凡的童年》的前两周，斯大林的遗体从列宁墓中移出，重新埋葬在克里姆林宫墙边的一个普通公墓里。这是苏共二十二大（1961年10月17日）的重大举措之一，与此同时，赫鲁晓夫还开除了莫洛托夫等人的党籍，宣布苏联将从一个无产阶级专政的国家发展成为全民国家。为了表示中共的严正立场，周恩来率领代表团给斯大林墓献上了花圈，两天后即打道回国。而普通苏联人，尤其是文化界，为之欢欣鼓舞——新的举措带来了第二轮文化解冻——索尔仁尼琴的小说《伊凡·杰尼索维奇的一天》获准发表。

这一轮文化解冻对塔尔科夫斯基走向世界肯定大有帮助。借着苏共二十二大的东风，《伊凡的童年》为“全民国家”赢得了前所未有的荣誉——1962年8月，在第23届威尼斯电影节上，此片轰动了西方舆论，一举夺得圣马克金狮大奖。塔尔科夫斯基戴上了“银幕诗人”的桂冠，《伊凡的童年》成了“作者电影”的经典。这一年，塔尔科夫斯基才三十岁。

解冻之后的天气乍暖还寒，苏联政府可以为作家平反昭雪，但绝不允许西方跟着起哄。这个来自西方的“金狮子”引起了左派们的极大反感和高度警惕——报纸上对此轻描淡写，主管把塔尔科夫斯基视作向西方献媚的资产阶级代言人。1994年，推荐塔尔科夫斯基报考电影学院的P·尤列涅夫教授出版了《那个男孩是安德烈》的回忆文章。书中记载了这样一件事：

我收到一个请柬，确切地说是通知参加国家电影委员会知识分子创作会议。我去了，遇到了不少熟人，大家都提心吊胆，莫名其妙——为什么把我们召集起来？

发生了什么特殊的事情？书记走上庄严的橡木讲台，要传达国家电影委员会的旨意，他显得特别自信自己在同志们面前的权威。他用恼怒的眼光扫了我们一遍，开始粗暴地痛斥在西方腐朽的、反人民的唯美主义面前卑躬屈膝，迎合资产阶级口味，轻视苏联人民健康观点的文艺作品。这个情绪、这些术语让人联想起1949年与世界主义做斗争时期的不快记忆。经过了近三十年听到这些话，还是不怎么舒服。而这位领导同志根据自己的哲学转向了具体的目标，开始痛斥《伊凡的童年》搞神秘主义、玩弄把戏甚至中伤卫国战争。我担惊受怕地仔细听着——怎么可以这样地仇视艺术！好容易等到这些咒语结束，我直奔出大厅，难道又要开始搞什么了？我只想赶紧躲回家去，没想到正好碰到失色的米哈依尔·伊里奇·罗姆。他对我说："你去哪？等一等！塔尔科夫斯基要发言。"

从橡木讲台前望过去，安德烈显得特别年轻，削瘦和无助。他开始十分平静的讲话，非常有礼地显出自己做人的尊严。只是不时神经质地抽动一下精细的脖子。

他说，他并不认为自己的影片完美无缺，如果他现在再拍，可能会是另一个样子，可能会好一些。但在电影中不可能改变的是那些对祖国深深的热爱，对牺牲战士的怀念，并对人类美好精神世界的深信不疑。不管什么人、在什么地方及怎么评价这部影片，谁都不会使我对影片所表现的思想的纯洁性发生动摇。

他说完走开了，忽然又转回讲台，补充道："不是我把影片寄到威尼斯去的，我甚至不知道它被送到哪里。威尼斯我从来没有去过，没有向什么人请求过什么，甚至这个金狮我都没见过……"听不清领导对他吼了些什么，掌声淹没了它。大厅里有一多半的人长时间地鼓掌。塔尔科夫斯基在靠边的位子坐下，我看见他双手抖得厉害。（《导师》）

## 三、停滞时代：痛苦的《安德烈· 鲁勃廖夫》

这是一个不祥的开头，它预示着西方的荣誉带来的不是好运，而是无穷无尽的刁难，在此后的二十年里，塔尔科夫斯基拍了六部电影，每一部都是杰作，每一部都遭到了官方的指责。或被禁映，或遭批判，或被束之高阁。

最早的挫折来自于《安德烈· 鲁勃廖夫》，这是塔尔科夫斯基第一次自己创作的剧本。这是一部描写十五世纪圣像画家的人生传记片，背景是俄罗斯间的战争和鞑靼人的入侵。把这段历史搬上银幕的想法早就在他的心里酝酿着，在开拍《伊凡的童年》之前，他就向电影委员会递交了申请，一年后（1962年）签了协议。又一年（1963年12月18日）电影文学剧本审查通过，再一年（1964年9月9日）开拍。

塔尔科夫斯基是个工作狂，干起活来不要命。在选马的时候，他从一匹烈马背上摔下来，浑身是血，脸色惨白，像死人一样。换上别的人早就到医院躺着去了，而这位拼命三郎居然带着纱布，裹着被单，拍片不止。因为胶片不够，他不得不白天拍戏，晚上删减剧本。夜深人静，他和两个同事反锁房门，拒绝一切干扰，绞尽脑汁，摆出各种方案，稍不合适，即推翻重来。大清早，他又精力充沛地来到现场。他的忘我感化了所有的人。经过一年多的苦战，1965年11月终于封镜，翌年8月完成后期，年底试映。试映前，他的同事就提醒他，这部片子恐怕不会顺利，毫无政治意识的塔尔科夫斯基不以为然。没想到，结果比不顺利还要糟。许多年以后，这位同事回忆道：

开始在电影委员会上，大家还祝贺塔尔科夫斯基的成绩，但没过几天，就听不到了——不知哪一位“别墅”里的人看了这个电影，他不喜欢。于是对电影的讨伐就没完没了地开始了——影片看不懂，就是说里面暗藏着阴谋。这些人既没有审美的观点，也没有历史的知识，他们并没有评价影片的水平，只以惯用的意识形态上的指责来表示对电影的困惑和不满：影片污蔑我们的历史，恶意地去掉了库里科夫大战，使俄罗斯民族蒙受耻辱，歪曲了鲁勃廖夫的形象，用自然主义代替爱国主义，等等。塔尔科夫斯基开始被召到各级领导那里，当场批评他意识形态上的罪恶，要求他修改电影。有一次，莫斯科市委第一书记召见塔氏，好像当场抓住了他的把柄，书记大人突然对他说："电影的结尾鲁勃廖夫的圣像在淋雨，你是不是想以此说明，现在和过去一样，没有很好地保护艺术作品？"（《与塔尔科夫斯基一起受难的日子》）

到处挨批的塔尔科夫斯基，听了这话，惊讶得不知说什么好。

迎合上意是人类共有的劣根性，上边的态度马上引起了电影界内外的响应，急风暴雨式的批判文章劈面而来，随之而来的是禁映。禁映为批判提供了根据，批判为禁映提供了理由。这些根据和理由至今还保存在国家电影委员会的档案里——第一，作者的历史观遭到严厉斥责——十五世纪的俄罗斯应该是文化繁荣昌盛的时期，而在导演手里，这个壮丽宏伟的历史居然成了一部催人泪下的悲剧。第二，作者的人生观也大成问题，他的电影不是宣传爱国主义，而是相反——面对鞑靼人的入侵和统治，影片中的俄罗斯人为什么不英勇反抗?！第三，苏维埃是最讲人道的，而这部影片却大肆渲染暴力——为什么要表现俄罗斯大公对平民的杀戮呢？这对苏联的形象有什么好处呢？第四，这部影片有点"黄"，你看看，居然有光着屁股求欢的异教徒男女的镜头！俄罗斯从来就是一个文明礼仪之邦，男男女女一个个赤身裸体，成何体统！最后，还有人提出，这部电影的思想过于复杂，篇幅过于冗长。

塔尔科夫斯基愤怒了，他给国家电影委员会主席罗曼诺夫写信，愤激之情渗透纸背："所有这些恶意和不负责任的征讨，我认为都是诽谤性的，这种诽谤从我第一部全景电影《伊凡的童年》就开始了！"（《归宿》）他的抗争毫无效果。他不知道，问题不在他，不在他的电影，而在时代——政治形势在他拍片的时候突然逆转——1964年10月14日，赫鲁晓夫被免去了第一书记和主席团职务，取而代之的是勃列日涅夫。两天后，赫鲁晓夫的画像奇迹般地从旅馆走廊、饭店、商店和政府办公楼消失了，他的书也从橱窗和架子上收走了。只用了几周的时间，赫鲁晓夫辛辛苦苦搞了八年的“非斯大林化”就寿终正寝。在庆祝欧洲胜利日二十周年的群众大会上，勃列日涅夫发表了长达四小时的演说，极力赞颂斯大林的战时功绩，听众掌声雷鸣，经久不息。从此，斯大林又回到了苏联人的生活中。斯大林主义者受到重用，批评斯大林的言论在传媒中消失得无影无踪。当《安德烈·鲁勃廖夫》摄制组为最后几个镜头而战的时候，一些持不同政见的作家遭到逮捕，索尔仁尼琴的别墅被搜查。政治气候突变，阴霾陡起，朔风劲吹，一夜之间，苏联境内千里冰封，万里雪飘，望红场内外，唯有经济尚呈春色，其他领域重归严冬。不问政治的塔尔科夫斯基傻帽儿一般，偏偏在这时候将四年的心血结晶送交电影委员会，那些刚刚听完二十三大政治报告的委员们，正要认真贯彻“新斯大林主义”，对这个送上门的自由化怪物岂能轻易放过？

塔尔科夫斯基不愿坐以待毙，他向罗曼诺夫保证：“我不敢说自己是个艺术家，更不敢说是苏联的艺术家，指导我的依据是构思和生活本身。有关形式问题，我在努力探索。这必然是艰难的，容易产生冲突和不愉快。它不可能让我平静地生活在温室内，它要求我的勇气。在这个前提下，我争取不辜负您的信任。”（《归宿》）

无论是抗议信，还是保证书都不会使主席先生高抬贵手，饱尝了无常政治之苦的人们学乖了——谁都怕找后账，谁也不愿当出头鸟。这部片子就这样被束之高阁，既不让公映，也不让修改。其实，就是塔尔科夫斯基想迎合领导，想修改也无从下手，因为指责来自于最高层，这位大人物的意见是一级一级地传达下来的。最高层只是跟着感觉走，从不拿出具体的修改意见。

有趣的是，这种晦暗不明的状况，倒帮了塔尔科夫斯基的大忙——官方的发行机构一不留神把它卖到了国外，此片在西方一放映，立即引起轰动，好事的法国人把它送往戛纳，电影节的评委们毫不犹豫地把1969年度的评委大奖送给导演。面对外国媒体的大力宣传，苏联国内像往常一样冷处理——媒体一言不发，好像根本没有这件事一样。但是对于主管电影的官员们来说，这无论如何也是一件丢脸的事。暗中了结，只需要一个台阶，官方很快找到了这个台阶“反正这么枯燥的电影也没人爱看，让它公映算了”。于是“一位好心的领导一挥手，电影就放行了”（《与塔尔科夫斯基一起受难的日子》）。那是在1971年10月19日，影片拍完五年后。

事实上，并不是没人爱看，而是不少人爱看——这部展示了俄罗斯历史真貌，充满了诗情画意的鸿篇巨制很有票房。另一方面，那些沉湎于病态的自大自尊，渴望展示俄罗斯光荣伟大的人们仍旧抓住这部影片不放。直至1988年，著名数学家沙法列维奇仍旧这样质问编导：“……在列举的电影中，我想起《安德烈·鲁勃廖夫》，电影中描述的苦难、肮脏、贫困和残酷的时代使我震惊，在这样的生活环境中产生鲁勃廖夫是不可能的，是不可思议的。这哪里是伟大艺术家和圣人的时代，他们从哪儿冒出来的呢？”（《安德烈·鲁勃廖夫》）

## 四、漫长的等待：《索良里斯》

吃一堑，长一智。塔氏从地上爬起来，擦干身上的污迹，又继续战斗了。他奔走在各种办公室之间，向各种头头呈上新影片的计划和剧本——关于霍夫曼作品的改编计划，关于别良耶夫小说的改编构思，将陀思妥耶夫斯基的《魔鬼》搬上银幕的设想，科幻影片《索良里斯》的剧本……然而，他的这些计划、设想、构思、剧本都变成了皮球，在办公桌之间踢来踢去。几周，几个月，塔氏在焦急中等待。某一天，某领导说了某句好话，让他兴奋好几天，可是再一打听，原来是谣传；过些日子，突然另一位领导又发了话，提出了否定性的意见……一年，两年，三年，时光无情地流逝，一切都泥牛入海。在无望的等待中，塔尔科夫斯基变得更加内向，更加阴郁，更加沉默寡言，有时，他会突然发起火来，言辞激烈，嘴唇颤抖，脸上的肌肉抽搐着。幸亏他的基因里没有精神病遗传。

1971年的一天，塔氏看到报上登的苏契柯夫的报告，其中提到了为陀思妥耶夫斯基恢复名义。他睡不着了，一夜浮想，联翩达旦——《魔鬼》可以改编成电影了！第二天就约朋友长谈。这位朋友后来回忆道："我们长久地在阿尔巴特街的巷子里溜达，塔尔科夫斯基十分激动地畅想着，现在主要的障碍已经解除，有可能把作品改编成电影，并建议如何行为，如何操作，找谁去寻求支持等。可这一切都毫无结果……"

塔尔科夫斯基应该知道，无效低能、官僚主义本来就是"苏联特色"。在《安德烈·鲁勃廖夫》获准放映之际，"三驾马车"的权力格局已经打破，勃列日涅夫朝纲独断，以经济发展为后盾，以社会稳定为理由，对内钳制镇压，大批有思想有才华的知识分子成了古拉格的囚犯。对外穷兵黩武，"布拉格之春"在苏军的坦克下化成一场噩梦。苏联人为这位新沙皇、"后斯大林"编造了各种各样的政治笑话，其中一则格外传神："勃列日涅夫和斯大林之间的唯一差别，就是后者的胡子变成了前者的眉毛。"[1]斯大林有浓密的胡子，勃列日涅夫有吓人的浓眉。胡子盖住了嘴，所以斯大林时代人人道路以目，噤

---

①〔美〕约翰·多恩伯格：《勃列日涅夫：克里姆林宫里的明争暗斗》，三联书店，1975年版，第27页。

若寒蝉。胡子变成了眉毛，嘴获得了解放——可以端起碗吃肉，放下碗骂娘；但是眼睛——心灵的窗口仍旧在浓眉的看管之下。

塔尔科夫斯基没心思骂娘，几年来的奔波和等待，使他身心俱疲。他累了，想休息，想隐居，想到偏远的乡村去，买一间农舍，享受农人的自由和安宁。为了方便与外界的联系，他得弄一辆车，最好是嘎斯吉普。可是国家有规定，这种车不卖给私人。塔氏想跟地方单位或集体农庄拉拉关系，以公家的名义买下，再转卖给他。他似乎真的实现了这一梦想，至少他到了远离首都的梁赞省的乡村。在那里，他给朋友写信，信上说，他正为《索良里斯》的剧本被有意地拖延而苦恼："……在这样的等待中浪费的时间实在可怕，只要你们给我电报，我马上就到……我们一起去找艺术委员会……"（《与塔尔科夫斯基一起受难的日子》）

1971年的一天，喜从天降——剧本通过了！但是上边提出一个条件：必须请科学家对剧本做出鉴定。塔氏立即东请西邀，通过朋友请来了一位兴趣广泛，爱看电影的物理学家。这位老兄以为导演在跟他开玩笑——天下居然还有这种滑稽可笑的事——他问塔尔科夫斯基："是不是要我给你们写上这样一句评语：'此部科学幻想片不科学'？"塔氏回答："这正是问题的关键，他们就等着这句话呢！”……几天后，物理学家为剧本写了一个简短的证明——“从科学的角度看，对剧本没有任何意见”。

主管部门还不放心，要求剧组把这位科学家聘为科学顾问，把他的名字列到字幕上去，以便出了问题有个推卸责任的地方。艺术家和科学家保证从命。直到这时，电影才允许开拍。让塔氏难堪的是，费了心思又担了责任的科学顾问没有一分钱的报酬——领导只发指示，不发顾问费。更让他尴尬的事还在后头——电影拍好了，却迟迟通不过。在无奈的等待中，塔氏想出了一个馊主意——请有名望的人们到电影厂看电影，以便用舆论敦促领导早日划圈。二十位科学院士和劳动模范应邀前来。“这些人来到影院，在寒冷中站了一个小时，连门也没让进。没有人来通知，更没有道歉，根本没有放电影这码事！”原来，塔尔科夫斯基的建议被领导断然拒绝，他难过得不行，又实在没脸去跟人家解释，而他委托去解释的人又溜了号。天真的导演哪里知道，在这些“人民公仆”的眼里，艺术家的劳动，劳模、院士的尊严，统统等于零。

不知哪炷香起了作用，1972年3月20日，《索良里斯》终获公演。为了这一天，塔尔科夫斯基又等了整整五年！

## 五、回归心灵——《镜子》

早在酝酿《索良里斯》的时候，塔尔科夫斯基就想拍一部关于他母亲的电影。这个想法在他心里已经藏了四十年，他要表现母亲的不朽和个性，讲述一个被遗弃的女人艰难的一生，探讨良知与罪恶，上帝与人心，母性与爱情。他要站在女性的立场上，分析男人的爱——它是如此脆弱，如此短暂，它是一个情感的骗局吗？抑或它只是一个永远无法解析的精神之谜？他要表现母亲自尊和悲怜的形象，要把她与陀思妥耶夫斯基《被侮辱与被损害的》的主人翁们联系在一起。塔尔科夫斯基要把他对母亲的理解全部倾注在这部影片之中，在作品大纲中，他写下了这样一句意味深长的话："亲爱的妈妈，你是这一切的发端者。"（《启蒙》）

这一次，电影委员会发了慈悲，一切进行得出奇地快。剧本1973年中定稿，很快获得批准。三个月后即获准开拍，事情如此反常，使一向反对用电影做试验的塔氏，也一反常态，非要做一把试验不可。他要用这部影片证明"作者电影"的价值，要用摄影机写一首抒情诗，并且与流行的纪录风格完美地结合起来，影片中充满了各种隐喻，时间在青春与老年之间穿梭，叙事在心理和实存之间跳跃，人物在母亲、父亲与孩子之间摇摆。半年后（1974年3月）他拍完了最后一个镜头。

然而，过于丰富的内涵给剪辑带来了前所未有的麻烦。当时有二十种以上的剪辑方案，结构的、段落的、情节的、人物的，塔氏昏了头，他找不着影片各部分间的联系，叙事失去了逻辑性，影片没有了整体感，素材带就像一堆杂七乱八的积木，无论怎么摆弄故事也立不起来。

终于，一个伟大的时刻降临——他的灵感迸发，天眼突开。一口气剪辑下来，又一部作者电影诞生了。与此同时，厄运也向他走来。

试映之后，塔尔科夫斯基遭到了各方面的批评。在国家电影委员会和电影协会管委会的联席会议上，领导和专家们几乎一致认为，这部电影看不懂，没有观众。电影委员会副主席、电影理论研究所所长弗·巴斯卡阔夫的看法很有代表性，但它却自相矛盾："影片提出了有意义的道德伦理问题，这个问题研究清楚很困难。这个影片的观众面窄，它是精品。但就电影的本质来讲，它不是精品的艺术。"另一位资深评论家认为："这部影片是不成功的，一个想讲述时代和自己的人，可能讲述了自己，却没有讲述时代。"塔尔科夫斯基坚持自己的看法："不管怎样，电影总归还是艺术，它不可能比其他门类的艺术有更多的人理解。……我对那种没有观众的说法不敢苟同……有一种关于我

不被接受和不能理解我的谬论。……我相信自己这样的个性不可能不使观众产生分化。”（《镜子》）

这种公开的辩白违反了苏联的常规，为了整一整这个骄傲自大的家伙，上头发现了影片的政治问题——《镜子》中有这样一个情节：在印刷厂搞校对的母亲，下班回家后，突然想起什么，赶紧冒着雨，跑回工厂去检查校对的书稿。电影委员会认定，母亲校对的是《斯大林文集》，因此“这是一幕意识形态上极其恶毒的情节”（《镜子》）。它影射了斯大林时代，反对各族人民的伟大领袖斯大林。

当领导在会议上第三次以此罪名讨伐塔氏的时候，导演的朋友拉扎列夫站起来，告诉人们一个铁打的事实：《斯大林文集》1945年以后才出版，而影片中母亲校对那场戏发生在1937年。会场登时陷入混乱，人们议论纷纷，塔尔科夫斯基终于有了宣泄的机会，他顾不上礼节，放声大笑。领导的面子在笑声中扫地。

扫地带来了这样的结果：除了三个电影院之外，任何影院不准放映《镜子》。有趣的是，有限禁映激起了逆反心理——这三个影院的电影票在开映前一个星期就卖得净光，莫斯科不相信眼泪，却相信被官方禁止的东西一定大有学问。莫斯科人打破脑袋看电影的结果应验了塔尔科夫斯基的预言——观众们果真分化成好几派，不管左中右都不约而同地奋笔直书，给塔尔科夫斯基写信。信的内容各式各样：愤怒的咒骂、感动的称赞、全面的讨伐、积极的肯定……塔尔科夫斯基大大地感动了——他的作品，即使是得了戛纳大奖的《伊凡的童年》也没有引起如此之大的反响。作为导演，他第一次感到工作的意义，第一次触摸到人心的脉动，第一次从观众中找到了知音。

为了让更多的人看上这部电影，一向沉静文气的塔尔科夫斯基不得不装出一副争勇斗狠的模样，找电影委员会的领导吵闹："你们为什么禁映我的电影！"领导装傻："禁映？我们什么时候禁映了你的电影？"塔尔科夫斯基急了："很多人给我写信，说他们想看《镜子》，可买不上票！除了三家影院，莫斯科的其他电影院都不允许放这部电影。这不是禁映是什么?!"领导板着脸，冷冷地拽给他一句话："只要有一个影院放一场，就证明这部片子没有被禁映。"（《与塔尔科夫斯基一起受难的日子》）

这是停滞时代后期官僚们的典型表述——撒野耍赖的流氓气，加上不负责任的官僚腔。这种作风不过是苏维埃思想、体制不断硬化的外在表现。无独有偶，这一年年底，勃列日涅夫在海参崴同美国总统福特会晤时突然中风——大脑动脉粥样硬化。当他乘火车回莫斯科时，硬化再一次发作。尽管病情使他念报告时，错误连篇，但是这既不妨碍他给自己授勋，也不影响他继续掌握国家机器。

硬化的体制也有灵活的一面，塔氏的朋友安德烈·斯米尔诺夫谈道，在停滞时代，如果戛纳电影节邀请苏联的某一个导演去参赛，实际去的却可能是另一位导演。这在当时是很正常的。那时候，电影艺术家就像奴仆一样，毫无权利，当官的可以随意地驱使他们，艺术家们每做一点事，都得依靠那些厚颜无知、没有一点儿公正可言的官员，而能力越大、独立性越强的艺术家越会受到官方的管制，官员们千方百计使他屈服听话。

## 六、莫斯科害怕寓言：《潜行者》

塔尔科夫斯基学聪明了——要想搞艺术，先得绕过电影厂的领导，而且还得有点厚黑术，于是他玩了一个花活——向厂里报上一个剧本，等厂长批准后，他又越过电影厂领导直接交给电影委员会另一个剧本——《潜行者》。由委员会下令厂长“研究推荐意见”。厂长对这种做法十分生气，但是上头有令，只好执行。尽管如此，塔尔科夫斯基还是等了整整一年。

艺术委员会多次讨论这个剧本，有人提出，这不是一部科幻片，而是一个寓言片。尽管斯大林时代结束了，但是莫斯科仍旧害怕寓言——难道苏维埃政权有什么见不得人的东西，难道当家做主的人民不能畅所欲言，还需要借助寓言表达思想吗？针对“潜行者”（演员索洛尼岑饰）进入的区域，有人质问，“这是什么‘区域’？从哪里弄来的？用带刺的铁丝网围起来，高处还架着机关枪？它是不是像个集中营？”塔尔科夫斯基连忙辩解：“我不喜欢弗洛伊德心理学派的错误解释——把姓‘索洛尼岑’的说成是‘索尔仁尼琴’，把‘区域’说成是‘集中营’……”

塔氏的解释并没有消除上方的怀疑，当电影拍完，厂长请求国家电影委员会批准时，委员会的领导拿出一份文件放在厂长面前，“诡秘地笑道：‘我给你们读一下对《潜行者》的评论，这是一个我们编外的监察员写的，此人在电影界极有权威性……”“领导给我们读的这个评价，内容十分详细。表述委婉但十分确定地说明，影片《潜行者》是极端恶毒，全部是暗讽和诬蔑我们的国家。以‘区域’的形式作者把苏联描述成用带刺的铁丝网围起来，还有机关枪在上边守候的地带等等。我们一下子都傻了眼，以为他该摊牌了。可是没有，他没有摊牌——‘我永远不会告诉你们，是谁写的’——领导十分满意自己有效的出击，但他很快收回了王牌，咔嗒一声把它锁进了抽屉。被他击倒的我们，像喝了加糖和热水的烈酒，都松了一口气，迷迷糊糊回到了厂子里。自然，关于评价的事，我们没有对塔尔科夫斯基透露过——大家都同情他。导演在国内的最后一部电影，就是这样被创作出来，而后又被缴了械。”（《狭窄的大门——〈潜行者〉拍摄见闻》）

《潜行者》在1979年6月7日批准公映，感谢信流水般地流到电影厂和电影委员会。多亏了那位电影委员会的领导。他显然属于俊杰一类，硬化的体制把绝大部分党员干部，尤其是各级领导培养成了识时务者。这些靠投机、撒谎、整人、两面三刀爬上去的家伙与列宁、斯大林时代的干部大不相同。思想原则、组织纪律对于他们来说早已失去了约束力。

或许更重要的是，领导的这一举动说明了勃列日涅夫时代的一个普遍的现象。“在社会心理中对现实的怀疑主义、冷漠和玩世不恭的态度逐渐取代了过去对社会主义的信仰和热情。”[1]苏共官僚们与老百姓玩着装假的游戏——“老百姓不再相信共产党的意识形态了，但在表面上仍然装作信从的样子，而共产党政权明知道老百姓是在装假，但却以老百姓的这种假装的信从为满足，双方谁也不去戳穿这层‘窗户纸’。”[2]

这种现象并非仅仅存在于苏联，捷克剧作家哈维尔在一篇

①陆南泉主编《苏联剧变深层次原因研究》，中国社会科学出版社，1999年版，第105页。

②程晓农：《是谁导致了苏联解体》，《书屋》2000年第12期，第21页。

文章中谈到，卖菜大叔之所以要把“全世界工人阶级联合起来”这样的标语贴到橱窗上去，插在萝卜与洋葱之间，与他的政治立场、思想境界毫不相关。他只不过想向当局表明“我是个守法良民，有老婆孩子，只想安安静静过日子，不想惹是生非”。当局也并不要求贴这种标语的人相信其代表的意识形态，事实上，当局——从街道委员会主任、税务局的小吏、自由市场的管理员，到苏共第一书记、国家杜马委员长、国务总理、中央政治局委员也从来不相信这套陈词滥调。只不过从上至下，没有人捅破这层窗户纸罢了。马克思早说了，意识形态的本性之一就是虚假。那位领导的做法隐藏着这样的心理动机：既然人人都在说假话，大家都在假象中生活，又何必跟一部电影较真呢？

## 七、自我放逐：意大利的《乡愁》

拍完《潜行者》之后，塔尔科夫斯基的精神越来越忧郁，思想越来越苦闷。他本来就是一个寡言少语的人，这时变得更加孤僻内向。后来，他在给父亲的信中吐露了心声：“在苏联电影界，我工作了二十多年，其中有十七年毫无工作的希望。国家电影委员会不想让我工作！所有的时间都在折腾我。”(《牺牲》)

不甘心被折腾，不情愿浪费年华，只有去国离乡。1983年，塔尔科夫斯基获准以《潜行者》导演的身份到意大利参加威尼斯电影节，此前，他就有到国外拍片的计划，而意大利正好邀请他前往拍片。电影节后，他没有请示当局，擅自留在了意大利。这时候，勃列日涅夫已经死了（1982年11月），但苏联仍在停滞之中。“安全部门继续控制知识分子的生活，将其区分为可疑分子和暂时可信分子、可以离境和不准离境、可以上报刊和不上报刊、准许获奖和不准获奖。等等。”[①]塔尔科夫斯基本来属于可以离境、可以获奖的暂时可信分子。他的擅自去国，马上使安全部把他放在了可疑分子之列。按照冷战时期的标准，这是背叛祖国，背叛党和人民，是危害国家安全。不管他在西方自由世界干了些什么，一旦踏上国门，等着他的将是如下的三部曲：一、吊销护照。二、不许拍片。三、像索尔仁尼琴笔下的伊凡·杰尼索维奇一样，成为古拉格群岛上的一员。

早在1978年，他就得了癌症。因为知道来日无多，他才踏上这条自我放逐的长途。如果不是为了自己钟爱的艺术，谁愿意在这种时候离开祖国，离开亲人，离开苏联的福利制度呢？

---

①〔俄〕亚·尼·雅科夫列夫：《一杯苦酒：俄罗斯的布尔什维克主义和改革运动》，新华出版社，1999年版，第149页。

对于他来讲，去国离乡不仅仅意味着乡愁，而且意味着牺牲——在离愁别绪中客死他乡，将灵与肉奉于缪斯之前。他要在生命的最后时刻，为他的银幕梦做最后一搏。

马克思不是说过，他是一个世界公民吗？科学无国界，艺术难道有国界吗？

艺术没有国界却有老板。在苏联，老板是政治，是意识形态，是政府官员；在西方，老板是经济，是票房利润，是董事会、资本家。塔氏逃出虎口，进了狼窝。人类可以征服自然，却难以管好自身。普天之下，没有一块净土，没有一个完美的制度。人们只能逃避更坏，而无法找到最好。踏入自由世界，塔尔科夫斯基不免兴奋——直到晚年，他才获得创作上的自由。可是，在这个新世界中刚刚迈出几步，他就发现，贪婪浅薄的拜金主义无处不在，如影随身。拒绝合作的结果使这位“被国外广泛承认的，代表俄罗斯艺术的，‘偶像般’的重要人物”，不但“失掉了稳固的经济基础”，而且成了一个“不合拍的局外人”。

对利润至上的厌恶，竟使这位饱受意识形态迫害的导演，怀念起他深恶痛绝的体制——“他常提起莫斯科电影厂，提起不计报酬，志愿工作的同事，国家电影委员会在发现《潜行者》的胶片报废时，允许他全部重拍的往事也涌上他的心头。”为了远离后极权，他不得不领教后工业——“过去用于与审查员斗争的气力，现在用来对付固执的商人，以捍卫自己的辛苦劳动，为自己的作品辩护，维护自己的艺术个性和对艺术使命的理解。”

自从斯大林去世以来，无数苏联知识分子走上了这条自我放逐的漫漫不归路，其中的幸运者在苏联解体之后重返故里。塔尔科夫斯基没有等到这一天。他爱国，就像小草爱大地，儿女爱母亲。苏联——祖国，不是红场上的讲话，不是克里姆林宫上的国旗，不是发达社会主义的口号，不是眉毛浓密、动脉硬化的领袖……祖国不是理念，而是感情，不是抽象的教条，而是形象的记忆。对于塔尔科夫斯基来说，祖国就是扎夫拉什镇的老屋，就是伏尔加河上的冰雪，就是尤里耶夫镇上的姑娘，就是从电影厂到自己家的林荫路，就是母亲的目光，就是妻子头发上的气味，就是风掠树梢时发出的声响，就是铺满白色和玫瑰色的荞麦地，就是阿尔巴特步行街上的霓虹灯……爱，是不能忘记的。爱，是无望的苦恋，他欲回国而不能，想爱国而不准，他爱国，“国”却不爱他！

1969年，索尔仁尼琴被作家协会开除，瑞典文学家愿意给他提供别墅，希望他移民瑞典。有人认为，索尔仁尼琴应该离开，到瑞典去写他的书。塔尔科夫斯基持不同看法：索尔仁尼琴不会那么做。如果他真的走了，他将愧对自己书中的主人公。这话其实是塔尔科夫斯基对自己说的。从某种意义上讲，塔尔科夫斯基是一个道德主义者，始终坚守道德的一致性，坚持创作者对作品主人公道德上的责任感。“一本书，就是一次行动”，这是《镜子》里著名的马克西姆之言。在以后多次的西方访谈和讲学中，塔氏都不止一次地重复说，电影人不应该在银幕上挂羊头，在生活上卖狗肉。如今，他做什么才不违背自己的道德信条呢？要知道，他的生命只剩下三年了。

他先为意大利电视二台拍了一部电视风光片《旅行时光》，不久获得了拍《乡愁》的资金。这是一部思想艰深、画面完美的影片。塔尔科夫斯基给它起名为《乡愁》是别有用意的。塔尔科夫斯基对这部电影做了如下的阐释：我想讲述的是俄罗斯人的思乡，是那种像我们这些远离故乡的人，所具有的特殊的内心状态。……正像在西方流行的说法：“俄罗斯人不适于做侨民”……我没有料到，《乡愁》中那无穷无尽、郁闷痛苦的思乡之情，竟成为我无法改变的命运。我没有想到，从今至死，我的生活将永远背负着这种沉重的思乡病。

不管在影片中，他多么真挚地倾诉思乡之忧，不管在影片外，祖国怎样梦绕魂牵，以祖国代表自居的苏联当局仍旧毫不犹豫地把他拒之门外——在参加戛纳电影节的时候，当局不遗余力地捣乱破坏，起初是不让此片以苏联名义参赛，塔尔科夫斯基只好代表意大利出场。然后当局又千方百计地阻止此片获奖。

## 八、《牺牲》在瑞典

没有获奖并没有妨碍下一部影片。他从瑞典那里得到了最后一部电影——《牺牲》的拍摄经费，并且得到了伯格曼老班底的全力支持。这是一部探讨生命的意义，怀疑主义的影片——对后工业社会极端厌恶的亚历山大渴望生活发生大改变，渴望新世界的降临。具有嘲讽意味的是，新世界没有到来，核灾难却要降临。饱读诗书的主人公不得不去求助当女仆的女巫，祈求她说服上帝，让生活再恢复原来的样子。影片的结尾，亚历山大放火烧了自己的房子，被送进了精神病院。

拍此片时，塔尔科夫斯基已经重病缠身，他不时地被送进医院，又不时地出现在拍摄现场。断断续续的制作颇似濒危病人在写遗书。在伯格曼的老搭档、著名的摄影师史文·纽克维斯特的帮助下，塔氏把这最后一部电影拍得美轮美奂，伯格曼的传统在这里得到了发扬光大。这部电影被列入瑞典电影史，却没有获得任何奖项——在下一届电影节到来之前，塔尔科夫斯基已经走到了生命的尽头。

一年后，戈尔巴乔夫时代到来，在新思维和公开性的鼓励下，他的同事终于可以在媒体上公开地谈论塔尔科夫斯基了："说到命运的悲苦，塔尔科夫斯基没有像帕斯特纳克在报刊和会议上遭受有组织的批判，没有像对涅克拉索夫那样遭到四十二小时的搜查，没有像格罗斯曼那样被查封手稿，没有像布罗德斯基被斥为不劳而获，没有像索尔仁尼琴那样被迫出国，丢掉公民权驱除出境，没有像加利奇那样被开除出电影家协会。他只不过是经常受到领导的批评和指示。被领导耳提面命：应该拍什么，不该拍什么。他只不过被剥夺了做自己喜欢做的事情的权利，而不得不一连几年地混日子。但是，对于他这样的艺术家，这也足够了。随着时间的流逝，塔尔科夫斯基离国拍片的情况，渐渐地、一点一点地被披露出来。在塔尔科夫斯基给父亲的信中，我们可以看到他离国拍片的主要的原因，看到他内心的凄苦。"这封信发表在1987年第21号《星火》杂志上——

亲爱的父亲！

我非常难过，因为在你看来，好像我选择"流亡者"的命运，就是要抛弃自己的俄罗斯。我不明白，这种看法对谁有好处。我现在的困境应"感谢"国家电影委员会诸领导对我多年的折腾，包括主席叶尔马什先生。

实际上，你可以算一下，我在苏联电影界工作二十多年里有十七年毫无工作的希望，国家电影委员会不想让我工作！所有的时间都在折腾我，而且最近竟出了戛纳节的丑闻，他们做了许多手脚，就是不让我的电影《乡愁》获奖（我获得了三次奖）。

我认为这部电影具有最深的爱国之心，它含蓄的许多思想，也是你曾经带着责难痛苦地向我提出来的，都在电影中得到了表达。请跟叶尔马什说说，允许你去看看这部电影。只要看了这部影片，您就会明白并赞成我。我很奇怪，领导为什么要诋毁我的情感？他们总想隔离我，回避我，不理我的创作，他们并不需要作品的完美。的确，在缺少正常的创作自由和独立的环境中，我不会依附他人，不指望有权有势的人给我开恩，我没有学会向卑躬屈膝妥协。

马雅科夫斯基二十年著作成就展，他的同事竟没有一个参加。对于诗人来说，这是非常残酷和不公正的打击。许多文艺评论家认为，这是马雅科夫斯基饮弹自杀的重要原因之一。当我五十岁生日的时候，不仅没有展览会，而且连电影工作者协会的祝贺都没有。就是这样的小事，归根结底全都是为了贬低我，你根本不清楚这些。

我并不打算在外国长住，我请领导给我、拉丽莎、阿廖沙和他的奶奶办护照，我只想和他们一起在国外生活三年。为的是实现我长久以来热烈的愿望：在伦敦大剧院排成《鲍利斯·戈东诺夫》的剧和电影《哈姆雷特》。我白白给电影委员会写了申请信，至今也没有得到回音。我相信，我对工作的选择是正确的，我请阿廖沙与奶奶来意大利的想法，同样没有错。我已半年没见到他们了，我希望，政府能够放弃以前的不人道、不公正的立场，给我一个人道和公正的答复。

那个掌握着大权的领导，凭什么认为身在国外的我，能够迫使别人按我的要求去做？这简直是天大的笑话；我没有别的出路；我不能让自己卑躬得没有限度。但我的信是请求，不是要求。至于我的爱国主义感情，请去看《乡愁》，（如果给你放映）你会赞同我对自己祖国的态度。我相信善有善报。结束了这里的工作以后，我很快会和安娜·谢苗诺夫娜、安德烈及拉拉回莫斯科，拥抱你和所有的亲人。即使回去没有了工作，对我也不是什么新鲜事。

我相信，政府不会拒绝我这点微不足道的、合情合理的请求。（如果拒绝了，那将是十分糟糕的事。上帝保佑，你我都不希望这种事情发生。）我不是持不同政见者，我是艺术家，能为有着光荣历史的苏联电影贡献力量的人。退一万步讲，就算我不是艺术家……我也为自己的国家挣了很多的钱（都是硬通货）。因此，我相信对我采取不公正和没有人性的态度是错误的。不管那些把我推出国外的人怎么说，我现在和将来都是一个苏维埃的艺术家。

最热烈地吻你，祝你健康和强壮。希望不久见面。

你的儿子——不幸和痛苦的安德烈·塔尔科夫斯基。

拉拉向你致意！

1983年9月16日于罗马[1]

## 九、尾声：李将军遇到矮皇帝……

苏联诗人彼尔·保罗·帕索尼里曾经写道：“死亡完成生命的最后剪辑，唯当生命之河静止，河水的意义才会显现。”名

---

①《〈牺牲〉——从布道到牺牲》。

家的话并非句句是真理，有时候十句顶不过半句。意义的显现，并不在于个体生命的存逝，而在于历史之舟行驶的方向。不管顾准生死，他的意义都只能显示于思想解放之时。只有在戈尔巴乔夫时代，塔尔科夫斯基的意义才能显现出来。

塔氏的一生，幸亦不幸。长于“解冻”时期，是他的幸运，否则他绝不会有获得金狮奖的机会；起于勃列日涅夫时代，是他的不幸，否则他绝不会只有七部半电影。中国人知道遇与不遇对人生的重要性。“使李将军遇高皇帝，万户侯何足道哉。”如果生而有幸，像姜子牙一样，得到权势者的赏识。那么就可以“利泽施于人，名声昭于时”。成就一生事业。反过来，就只能窝窝囊囊，一辈子不得志。所谓“达则兼济，穷则独善”。韩愈的朋友李愿不遇于时，隐居太行盘古；塔尔科夫斯基不遇于时，跑到梁赞省的农舍里在信纸上发牢骚。“发达社会主义”竟然继承了中国古老人生哲学的香火。

在这样的国度里，特立独行者永远是悲剧角色，投机骑墙者永远是正剧的主人。解体后的苏联，那些整塔尔科夫斯基的官员们仍旧在台上作威作福——这些投机者早就做好换船准备，一旦鼎革，他们立马混进了民主政权，成了新朝的新贵。正义拿他们无可奈何，公理无暇审判他们，谁掌握权力谁就掌管道德。正义、公理之类的东西从来只存留在极少数人的心中，新朝百废待举，一切都已经过去，为了稳定，为了明天，团结起来朝前看吧。何况，大众都很忙，忙着他们的衣食，他们的名利。这就是历史，这就是人间正道。

塔尔科夫斯基逝世四年后，苏联变成了俄罗斯，索尔仁尼琴回到了祖国，从思想到行动没有了任何禁忌。奇怪的是，“戈尔巴乔夫政权给予艺术家们的，或者说由他们奋力争取到的充分自由却没有结出应有的果实”。塔尔科夫斯基的同行们给予观众的只是“一大堆久违了的赤裸裸的真相、赤裸裸的肉体和赤裸裸的暴力。只有文艺女神一直默不作声”。谁也没法解释，为什么在思想受到严格控制的时代，产生了永垂青史的电影，世界著名的大师，而在自由民主的政权下，艺术却沦为性与暴力。人是生来的贱骨头——“在过去的日子里，什么都能带来欢乐。一小断香肠，你高兴极了。一小卷手纸，你高兴极了。现在最大的失望是百无禁忌。”[①]如果塔尔科夫斯基活着，他会在百无禁忌中做些什么呢?

中国的老一辈热爱苏联电影、苏联小说、苏联歌曲，新生代喜欢美国大片、麦当劳、摇滚乐。稍懂点历史的人都知道，与中国息息相关的并不在大洋彼岸，而在恩怨不息的近邻。邻

---

①〔美〕L．梅纳什，桑重译：《苏联电影（1917—1991）的历史经验》，《世界电影》1995年第6期，第163—164页。

居间分享着同样的气候、同样的命运和同样的喜怒哀乐。安德烈·塔尔科夫斯基属于苏联，也属于中国。

二〇〇二年二月

本文中的引文，除注明出处者外，其他均出自李宝强编译的《七部半——塔尔科夫斯基的电影世界》一书，该书于2002年8月由中国电影出版社出版。

# 俄罗斯PK好莱坞

## 一、通向西方的窗户

一位音乐教师搬进一座旧房子，房子阴暗潮湿，于是，他在墙上凿了一个洞，安上了窗子。没想到打开窗子一看，外面竟是朝思夜想的巴黎街道。他赶紧呼朋唤友，跳出窗子，来到西方极乐世界。然而，这个世界并不欢迎他。那里的朋友给他找了一个工作——在街头拉琴卖艺，条件是必须光着屁股。为了维护穿裤子的权利，这位音乐教师毅然决然地跳回他的旧房子——回到彼得堡拉琴，在失望与忍受中期待着美好的明天。这是俄罗斯导演尤里·马明九年前用摄影机给人们讲的故事，名字叫《通向巴黎的窗户》。

这个故事很有点寓言意味，像那位音乐教师一样，解体后的俄罗斯观众也经历了同样的心路历程，不同的是，他们出入的不是巴黎，而是好莱坞——20世纪90年代初，俄罗斯向西方全面靠拢，苏联时代对进口片，尤其是对美国片的严格限制土崩瓦解。美国电影如决堤之水冲进这个曾经创造了傲世业绩的电影大国。俄罗斯观众怀抱着好奇心、崇美心和初尝自由的快感跳出“旧房子”，在好莱坞创造的白日梦中连流忘返。俄罗斯的专业刊物上提到：“1991年4月在莫斯科上映的313部电影中，只有22部是苏联电影，其余291部影片中美国影片占了绝大多数。”观众的热情刺激了发行商的发财欲，他们以一千美元一部的价格购入粗制滥造的三四流美国片，观众们在银幕前大饱眼福，欣赏着赤裸裸的性和赤裸裸的暴力。俄罗斯的编导们一边做梦，一边奋起直追，争先恐后地制造着一批又一批仿美白日梦。

五六年以后，当完成了原始积累的发行商们有钱去购买一流的美国大片的时候，观众们却离开了影院。1997年，俄罗斯《电影艺术》主编丹尼尔·东杜列伊先生告诉人们：“在美国拍摄的大约100部A级影片中，俄罗斯购买将近60部，一些新片在俄罗斯的出现同在巴黎、伦敦的首映是同一时间，然而所有这些在电影节上得过主要奖项并在西方票房收入中处在前列的影片在俄罗斯的发行均遭到惨败。”

惨败的原因多多，不能简单地归结为俄国人拒绝了好莱坞。这里面有盗版录像的功劳，有观影方式改变的因素，有劣片逐良片的作用，有通货膨胀的原因。不管有多少原因，一个确切无疑的事实是，俄罗斯在文化与审美上走向了多元化。好莱坞，不管是展示“性与暴力”的劣片，还是获得奥斯卡奖的好片，都不可能完全占据俄国观众的心。从这个意义上讲，可以说，俄国观众并没有忘记他们的“旧房子”。

## 二、民族的“行为规范”

1995年，一部喜剧片《民族狩猎的特别之处》风行俄罗斯。片中有一个很有趣的情节：一只喝多了伏特加的狗熊闯进猎人们的营地，一位猎人拿起一本书，给那只熊念了起来，书的名字是《行为规范》。俄罗斯的电影评论家说，这是导演阿·罗果什金对俄罗斯现状的一个隐喻——一千年前，创立了方济各会的意大利传教士方济各就曾经给鱼和鸟宣讲教义，那位勇敢的猎人就是今日俄国的方济各。按照这个思路推理，不妨说，那只熊就是俄罗斯人，那本书就是俄罗斯急需的教义，上帝的使者方济各提醒人们——俄罗斯最致命的就是酗酒，最缺少的就是“规范”。

是的，经历了大分裂、大震荡、大萧条的俄罗斯，几乎所有的领域都需要重建规范，电影业自不例外。渴望自由，诅咒铁幕的导演们，一旦铁幕轰毁，却手足无措，不知向何处去，思想无所皈依。

经过几年痛苦的徘徊迷惘，俄罗斯电影人明白了，过去的光荣既不能把观众请回影院，也不能战胜好莱坞。只有厘清思想，培育市场，加强法治，总之，重建规范才是摆脱困境之路。

旧的意识形态破灭了，新的在哪里？电影是否可以远离意识形态？为谁拍电影？是为过去所说的“人民”，还是为今日所说的“大众”？观众需要什么？是好莱坞的梦幻，还是俄罗斯的现实？好莱坞创造了美国的神话，西部片就是代表。那么是否应该创造俄罗斯神话？支持这个神话的俄罗斯电影是什么？“国家订货”与“自我订货”哪一个更好？《战舰波将金号》是国家订货，可它依旧是经典；个人订货拍出的东西，却没有观众。也就是说，创作自由为什么既没带来艺术精品，又没有找到市场？

大俄罗斯人，终于放下架子，虚心向好莱坞学习。《好剧本怎样卖出一个好价钱：美国编剧艺术教材综述》一书的作者，操着广告的腔调，推销着新编的教材：“本文涵盖了美国不同教材中有关挖掘、发挥并提高你的创作天才，并将其用于剧本创作的各种方式和方法。”作者鼓励年轻人：“好莱坞确实有一套自己的规则，不过你完全可以摸透这些规则，并在写作中加以运用。最简单的方法就是尽可能地多看电影……”[①]在看电影上作者以身作则，他提到的所有电影都出自好莱坞。

与此同时，人们开始研究电影市场，他们发现，运转多年的俄罗斯电影市场原来是一个伪劣品。在这个市场上，生产与需求脱节，制作与发行分家，无论是导演还是制片，是银行还是政府，没有一个人对电影投资的回收负责。另外，电影版权得不到法律保护，盗版肆无忌惮，在录像点和有线电视上放映的电影全是盗版，可是从民间到政府对此却熟视无睹。第三，导演们，尤其是那些年轻的导演，千方百计从欧洲找钱。他们看不到在本国发行电影的前途，因此不为本国观众拍片，而是为了西方的电影节拍片。为此，他们呼吁，“唯一的出路是建立正常的自然的而不是人为的市场关系”。[②]

在争论与摸索中，俄罗斯的电影人有的消沉了，有的退隐了，有的在迎合观众，有的在潜心创作。他们的片子或受到好评，或遭到批评。人们发现，一味模仿好莱坞的性与暴力只能失去观众，为西方的电影节拍片也不是最佳的出路，市场从来不会拒绝那些富有思想内涵和艺术深度的电影。而这些电影自然会在电影节——无论国内还是国外——上获得它们应得的褒

---

①《世界电影》2001年第3期，第148页。

②《世界电影》1996年第3期，第188—192页。

奖。《乌尔加》《高加索俘虏》《太阳灼人》《再来一次》《窃贼》等片子在国际上获得了大奖。事实上，在西方电影节上，获奖的俄罗斯电影并不少于中国。这是俄罗斯电影人对好莱坞最好的回答。

国家也抓紧了这方面的工作，1996年，出台了电影法，此法规定，国家有扶助民族电影发展的义务，并应成为电影的主要投资者，电影厂须改成股份制，导演中心制改成制片人中心制，制片人要对资金负责。恢复发行网，改造影院，也提到日程上来，对盗版录像的管理也正在加强。民营的电影集团正在以更大的积极性投入拯救民族电影的事业之中。

老导演托多罗夫斯基说过："好莱坞电影有可能在俄罗斯取胜，然而这个胜利不是最终的。一旦眼前的危机缓解，观众就会重新想看俄罗斯电影。我们的电影始终充满着人性和人情，审视世界的观点也是善意的。随着有分量的国产影片的出现，好莱坞将不可能在俄罗斯一统天下。"[①]

是的，无论在西方还是东方，好莱坞都可以胜于一时，但绝不可能胜于一世。一旦新的科学的"规范"建立起来，全世界就会对俄罗斯的电影刮目相看。

二〇〇二年八月

①《世界电影》2001年第4期，第145页。

# 美国往事

——读《禁止放映：好莱坞禁片史实录》有感

## 一、从罗素被起诉说起

1940年，罗素68岁的时候，纽约市立学院请他出任该校教授，全市的卫道士齐声反对。反对的不是罗素的学问——罗素是名扬欧美的大哲学家，跟北大重金聘请的某些“长江学者”不可同日而语。他们反对的是罗素的道德观——卫道士们担心，这位公开讲“性自由”的英国佬会不会把我们的子女教成小流氓？尽管学院院长向人们解释：罗素讲的是数学和逻辑学，不讲他的伦理观和道德观，尽管市高教局明确表态欢迎罗素莅临讲学，但是当地的宗教团体还是不依不饶，他们发表决议，致书报馆，举行集会，游行抗议，一时间风雨满城。主教派教会的主教威廉·曼宁给各报主编写了一封公开信，他先引了罗素的一些言论：“人类具有欲望，并无道德标准可言。……只要不生孩子，性关系全然是私人之间的事情，对国家和邻居都毫不相干。”然后质问道：像罗素这样的伤风败俗的老家伙有资格做青年人的师表吗？

在舆论千方百计地把罗素搞脏搞臭的同时，一位勇敢的牙医太太以纳税人的权利为武器，以维多利亚时代的道德为准绳，把纽约市立学院告上了法庭。她的律师把罗素的四本书在法庭上一字排开，历数它们的罪名：淫荡的、猥亵的、污秽的、刺激性欲的、色情狂的、亵渎神明的、大不敬的、撒谎骗人的、极其不道德的、思想狭窄的……牙医太太指着这些罪恶之书，质问法庭：纽约市立学院为什么用纳税人的钱请一个下流坯子当教授？如果吾家爱女将来进入这所学院，落到罗素这个恶魔手里，变坏了怎么办？麦克吉汉法官一听有理，大笔一挥写下了17页的判决书。判决书说：以学术自由为名，纵容教师胡说八道，散布诸如“任意性交是正当的”的无耻谰言是坚决不能允许的。市高教局支持罗素来我市任教，实际上就是支持在我市开一个“诲淫”讲座。鉴此，本法院决定取消学院的聘约。

哈佛大学闻讯大喜，立马发电诚聘罗素为该校教授。

这个故事是威廉·曼彻斯特在《光荣与梦想》中讲的，我拾人牙慧是想说明，20世纪三四十年代的美国很保守，宗教团体和民间组织是保守主义的两大主力。但是，美国是一个思想多元的社会，各种思潮、主义和势力既彼此冲突，又共生并存，保守主义不能一手遮天。因此，就会出现东方不亮西方亮——被纽约视为恶魔的罗素到哈佛当教授的事情。保守中的多元或多元中的保守，这可以说是20世纪70年代以前的“美国特色”。

所有的保守主义都有两个世袭的领地，一曰道德，一曰政治。文艺最喜欢侵犯的也正是这两个领域，而电影则常常在入侵者中担任前驱先路的角色。由此一来，好莱坞就成了保守主义的眼中钉肉中刺。其实好莱坞只想赚钱，并不想惹是生非，它当上前驱先路实在是电影的娱乐本性使然——要吸引大众眼球，无非两条路：要么赶时髦，找刺激，出新出奇，领导潮流时尚，性与暴力必然成为主打；要么爆猛料，揭老底，暴露批判，伸张人道正义，政治和社会问题自然无可逃避。显而易见，无论走哪条路，主创者都得“三贴近”——“贴近实际，贴近生活，贴近群众”。可是对于保守主义来说，创作上的贴近，就是领地上的入侵。捍卫领土完整的神圣使命感，把美国的卫道士们紧密地团结起来，他们挥舞着“爱国主义”和“纯洁道德”的旗帜，向电影开战。好莱坞被迫自卫反击，战争一打就是二十多年。

邵牧君在其开创性的著作中，对这二十多年的战争做了详细的描述和精到的分析。根据邵氏的著作，我把这场战争细分成三大战役：第一大战役从1907到1908年，这两年是政府整肃电影业，电影业被动挨打的时期。第二大战役从1909到1921年，这十二年是电影业自律，保守派进攻，业界自卫反击的时期。第三大战役从1922至1933年，这十一年是好莱坞与海斯办公室软磨硬抗，海斯办公室与保守势力扯皮的时期。用军事术语，第一次打的是“闪电战”，第二次打的是“阵地战”，第三次打的是“游击战”。这场战争以保守派的全面胜利，好莱坞的投降服软而告终，1934年至1966年的三十二年间，是美国电影史上最黑暗的时期。

## 二、从挨打到自卫

第一次战役虽说始于1907，但蓄谋已久——美国电影从诞生之日起，就坚持从生活出发——揭露“城市政治腐败，贩卖人口的丑闻，对移民的剥削”，“支持劳工运动，抨击政客，常常对城市贫民的斗争表示敬意”，“总是让强盗、皮条客、高利贷主和吸毒者的身影与甜姐儿玛丽·璧克馥在银幕上平分秋色”。[①]所以，仇恨电影的情绪早就弥漫在美利坚的上空——宗教人士自命为“公共道德的卫护人”，把电影看成是精神毒

①邵牧君：《禁止放映：好莱坞禁片史实录》，上海文艺出版社，2000年9月版，第7页。

品。大部分革新人士一方面揭露社会腐败，要求增加社会福利；一方面跟宗教人士一样，对电影充满了歧视和偏见。

在这一精英联盟的强烈要求下，1907年，芝加哥市政府发出了美国禁片史上第一个管制影片的行政命令——“所有的放映商在公映一部影片之前必须先从警察局长那里取得许可”。祸不单行，1908年圣诞，纽约市市长麦克莱伦突然下令关闭所有的电影院，并收缴了影院的营业执照。此举缘于不久前召开的听证会，人们在会上气势汹汹地质问他：“为什么（市政府）一方面花费百万的美元办教育，另一方面却又容许电影‘毒害和腐蚀本市的儿童’。”[1]尽管在法院的干预下，电影院收回了营业执照，但是这一连串闪电式的进攻，把电影业打得溃不成军。

就在电影业昏头转向不知道如何应对之时，一个开明的革新团体给业界出了“一个影响深远的绝好主意”[2]：电影业成立自律组织——在公映前把影片交给一民间权威组织接受检查。业界欣然接受——有了民间的检查，就免去了政府的检查。1909年，十几个民间社团及教会组织联合成立了“全国评审委员会”，评委会下设一个百余人的执行委员会。评委会主

①②邵牧君：《禁止放映：好莱坞禁片史实录》，上海文艺出版社，2000年9月版，第15页、第16页。

席费德里克·豪和执委会主任柯里尔都是反对电检的开明之士，“都主张电影有权忠实地表现社会问题，不应粉饰现实”[①]。所以他们的手下人对送审的影片大开绿灯。电影业窃喜，以为从此可以高枕无忧了。

电影业高兴得太早了——由于不满意评审会的过度宽松，一年后，保守势力拉开了第二次战役的序幕——各州市纷纷成立电检机构，制订出各自的检查标准。这些标准既相互矛盾，又高度统一，其共同之处有四：“一，禁止表现道德风尚的任何变化；二，禁止出现犯罪作案场面；三，禁止表现劳资纠纷、政府腐败和社会不公现象；四，不准触及任何性问题或对社会或政治事件有所评论。”[②]电影业忍无可忍，奋起自卫，寻求法律的帮助——俄亥俄州的一电影发行公司向地方法院申诉，要求法院向当地政府发一禁令，停止电影检查。没想到，地方法院护着当地政府。发行公司又向最高法院申诉，岂知高法也站在地方法院一边，其判词说：“我们认为把言论自由的保证扩大到剧场、杂技表演或电影的主张是错误的或牵强的，因为它们都可能被用来作恶。”[③]是时1915年。

这件事是业界的大灾难，这一年是电影的转捩点。费德里

---

①②③邵牧君：《禁止放映：好莱坞禁片史实录》，上海文艺出版社，2000年9月版，第17页、第18页、第20页。

克·豪提醒业界："如今政府对影片进行公映前的检查已成为法，而电影业最害怕的事情——各州、市纷纷制定的电检法——已成为现实。"今后摆在电影业面前的唯一出路就是："强化自律性检查，让电影变得安全、顺从，对传统俯首帖耳。"[①]

然而，搞电影的都不是省油的灯，在没有被彻底制服之前，他们绝不会"俯首帖耳"。他们有实力，实力来自"梦幻之都"——好莱坞的八大公司；他们有资源，资源就是丰富多彩的现实生活；他们有后台，后台就是国内外数以亿计的忠实观众。20世纪20年代的美国像一个混乱而又生机勃勃的自由市场，这边厢是政府奉行政治保守主义和外交孤立政策，爱国主义成为清洗自由主义分子的理由，十月革命成了迫害异端思想的借口，原教旨主义指责现代教育破坏了传统，三K党挟私刑横行不法，旧道德与禁海令竞长争高。那边厢是风起云涌的新思潮、新道德、新风尚：男女平权深入人心，女性走出家庭势不可挡，弗洛伊德成了知识界的新宠，性欲的满足成为婚姻幸福的重要标志，传统的婚姻爱情观受到挑战……

好莱坞的大老们从来不说"艺术源于生活"，但是他们深知，电影里必须有新女性，有新英雄，一句话，必须紧跟新道

①邵牧君：《禁止放映：好莱坞禁片史实录》，上海文艺出版社，2000年9月版，第21页。

德新风尚。于是银幕上出现了新的民间英雄——以贩卖私酒为生的“美国歹徒”，出现了与贤妻良母和好管家婆判然有别的“新女性”——穿短裙、束胸、吸烟、涂脂抹粉、跳扭屁股舞的“小野鸭”。美国电影史家刘易斯·雅可布斯对当时的电影做了这样的酷评：“攻击文明传统，张扬色欲，鼓吹新道德观，宽恕不正当的男女关系，树立新的理想，宣扬新的生活节奏，用炫耀财富、奢华和物质享受来和战前的观念划清界限。”[①]遗憾的是，这位史家回避了一个问题：为什么绝大多数美国人对这种不道德的影片如醉如痴？

## 三、从对峙到投降

观众如醉如痴，保守派忍无可忍。1921年，卫道士再度向电影业宣战，妇女总同盟首举义旗，宗教组织和其他民间团体立马响应。评审会被控失职和拿了业界的津贴而遭废止。眼看纽约要举行听证会，通过电检法案，好莱坞紧急召开“电影业全国联合会”，推出了一个“不渲染性、蓄奴现象、不正当爱情、裸体、赌博和酗酒，不取笑神职人员或官吏”的“电影十三条”。联合会主席威廉·布莱迪带着这个保证书和名导、名

①邵牧君：《禁止放映：好莱坞禁片史实录》，上海文艺出版社，2000年9月版，第44页。

演、名律师在听证会上发表了声情并茂的演讲，并且诅咒发誓一定弃恶从善。可议员们根本不相信电影业会改邪归正——纽约电检法案全票通过，电检官员于1921年4月正式上任。好莱坞的巨头们忙如丧家之犬，赶紧寻找新的协调人。前邮政总局局长，共和党主席，新教主流派长老会信徒，与诸多社会团体有密切关系的威廉·海斯被选中，任美国电影制片与发行协会主席。纽约从此多了一个负责审查剧本、影片，协调与保守势力关系的“海斯办公室”。那是1922年。

饱受外行领导之苦的中国人会问：海斯既不会制片，也不会发行，请这么一个人当主席，行吗？这种担心本身就是外行——电影业需要有这么一个中立性的自律组织，来对付政府的电检机构和社会的保守势力，以保证票房。这一需要决定了海斯的任务——把关与公关。自律就得把关，作为把关人，海斯和他同事们充当的是“思想医生”“道德教师”“政治指导员”的角色；他们有权要求好莱坞修改剧本，但是无权枪毙人家的影片。要票房就得公关，作为公关先生，海斯要协调与各路保守派的关系，其中包括劝阻某些州市的电检官员对好莱坞的封杀，消解教会的怒气，为好莱坞开辟市场，让影片尽可能地多与观众见面。

习惯了官本位和计划经济的人们又担心起来：怎么能既审

剧本，又开辟市场呢？这两者互相矛盾的呀！事实证明，海斯干得挺好。这是因为“海办”不是官府衙门，而是一个介乎政府与电影厂之间的协调机构，对于它来讲，只有前后左右没有上下等级，它只需对电影负责，不用对上级负责。它可以制订电影法，但那只是道学家的教条，算不上政治威权的工具。

问题是，生性自由的美国人本来就讨厌“思想医生”“道德教师”和“政治指导员”，尤其是在票房的低谷时期，好莱坞深知“如果陷入危局的电影不能接触离婚、计划生育、堕胎或婚前性行为等热门题材，不能表现人们所面临的严酷的经济现实的话，电影业岂不要陷入绝境”[①]。这样一来，好莱坞与“海办”的冲突必不可免。好莱坞需要“性感女神”，需要现代文学名著，需要揭露犯罪和政治腐败。《罗宫春色》《永别了，武器》《疤脸大盗》《我是一个越狱犯》《白宫政变记》……情色片、强盗片、犯罪片、反腐片、政治片像洪水一样冲击着“海办”的道德、政治堤坝，海斯与他的执行人——先是乔伊，后来是温盖特，不得不补隙罅漏，筑坝修堤——可以说，从1922年到1933年的十一年，就是好莱坞的制片人对海斯的提醒、警告、威胁、禁令，阳奉阴违、软磨硬泡的十一

①邵牧君：《禁止放映：好莱坞禁片史实录》，上海文艺出版社，2000年9月版，第88页。

年，也是海斯与好莱坞和保守派妥协、周旋、互相利用、大事化小小事化了的十一年。

在这十一年中，发生了一件大事——1930年由天主教教士、戏剧学教授劳德起草的电影法典出台。这个被称为“海斯法典”的电影法极尽荒唐可笑之能事，可是有关各方却对它全盘接受——海斯把它作为对付好莱坞的工具，保守派认为它是向好莱坞开战的利器，好莱坞则天真地以为，这个没有可操作性的法典并不能真正限制他们。事实证明，好莱坞大错特错了，有法可依之后，保守派就要追究好莱坞为什么不依法办事，海斯办公室为什么不严格执法。果然，在法典公布了三年后，天主教开始了反对“不道德影片”的全国性活动，好莱坞的阳奉阴违走到了尽头。

1933年是美国禁片史上划时代的年份，先是一份被删节的、证明电影毒害青少年的佩恩研究报告出台，随后，天主教采取“夹攻战术”，一方面在教会和民间社团中进行反好莱坞的动员，另一方面说服美洲银行总裁停止给好莱坞贷款。这个战术起了作用，在联席会议上，被吓瘫了的好莱坞巨头检讨认错。天主教乘胜前进，于1933年12月成立了旨在抵制好莱坞的“道德联盟”。联盟的任务是“发动全国的天主教徒对他们认为的不道德影片进行抵制，最终达到彻底消除电影的罪恶影响的目的”。[1]全国各地约七百万天主教徒在望弥撒的时候，在神父的带领下进行口头宣誓：“向上帝保证不去观看被教会指认为‘邪恶的和不健康的’影片。”[2]

面对乱局，海斯沉着应战——启用天主教徒约瑟夫·布里恩任好莱坞的首席检查官，一年后（1934年）又让他担任了“制片法典执行局”局长。布里恩上台是一个标志，它标志着好莱坞与保守势力对峙局面的结束，标志着电影业双膝变软的开始。同时，它也标志着好莱坞与“三贴近”渐行渐远，与虚假粉饰越来越近。

威廉·曼彻斯特的下述评点可以作为上述判断的旁证：“影片的镜头里不得有人长时间接吻，不得有通奸行为，不得有裸体婴儿，已婚的男女也必须两床并列，各睡一床。银幕上的语言要绝对纯洁，连名片也要洗一洗干净，荡妇被莫名其妙改为成贞妇……”[3] 执行局存在了三十二年，海斯和布里恩利用道德联盟的力量，以强硬的道德立场，毫不妥协的斗争精神，把当初调皮捣蛋的制片人都变成了执行局的小乖乖。桀骜不恭、软磨硬泡的好莱坞在布里恩的威胁利诱下终于举起了白

①②邵牧君：《禁止放映：好莱坞禁片史实录》，上海文艺出版社，2000年9月版，第221页、第225页。

③〔美〕威廉·曼彻斯特：《1932–1972美国实录：光荣与梦想》（第一册），商务印书馆，1978年8月版，第171页。

旗，从20世纪30年代初始，维多利亚时代的风尚就开始占领了银幕。道德保守主义使好莱坞形成了这样的模式：“离婚是祸害，通奸必严惩，‘现代生活方式’是破坏性的，行善必有善报。”政治保守主义则使好莱坞“在1934年以后不再对现状说三道四。社会问题虽不回避，但从不提出会引起争议的解决办法”[①]。美国评论家B.R.莱德曼一针见血：“由于海斯法典使美国电影不可能接触任何社会弊病和政治争端，不可能真实反映生活，‘好莱坞影片便成了一堆支离破碎、空洞无物、毫无意义的东西’。”[②]

## 四、海斯法典：荒唐可笑的电影法

好莱坞衰落的罪魁祸首是海斯法典，自1930年实施以来，在三十多年的时间里，这个法典为保守势力做出了巨大贡献——它是保守派对付电影的代表作，是海斯与好莱坞进行交易的资本，是“道德联盟”抨击海斯办公室的依据，是布里恩制服好莱坞的法宝。“天主教神学、保守主义的政治学和平民心理学的古怪组合”[③]，这是美国知识界对它的评价。这个“古怪

①③邵牧君：《禁止放映：好莱坞禁片史实录》，上海文艺出版社，2000年9月版，第257页、第67页。

②邵牧君：《禁止放映：好莱坞禁片史实录·序言》，上海文艺出版社，2000年9月版，第6页。

组合”包括三部分，“第一部分规定了电影作为娱乐和作为艺术的道德义务”，“第二部分是对制片人的原则性约束：如‘应表现高尚的生活方式’，‘引发对高尚的人物的崇敬’，‘尊重法律和法院的公正’，‘不能把罪恶描写成有吸引力的或诱人的，而善良则是没有吸引力的’，‘不能把观众的同情导向为非作歹的、犯罪的一方’，‘应当把法庭描写成公正和公平的’，警察是‘诚实和有效率的’，政府是‘保护全体公民的’”。最详细具体的是第三部分，它给电影下达了12条禁令：

1. 违法的罪行：表现违法的罪行不准（1）讲授犯罪的方法；（2）使潜在的犯罪分子产生模仿的念头；（3）让犯罪分子显得富于英雄气概和理直气壮。

2. 性：出于对婚姻和家庭的神圣性的关注，必须慎重对待三角恋爱……不能使观众对婚姻制度产生反感。（1）绝不可把不纯洁的爱情描绘成诱人和美丽的；（2）它不能成为喜剧或笑剧的题材；（3）绝不可由此唤起观众的情欲或病态的好奇心；（4）绝不可给人以正当的和可接受的印象；（5）总的来说，在表现方法和方式上绝不可细致入微。

3. 庸俗。

4. 淫秽。

5. 渎神。

6. 服装：绝不能因情节需要而裸露。

7. 舞蹈：总的来说，跳舞被承认是一种艺术和一种表达人的情绪的美丽的形式。但是暗示或表现性动作的独舞或双人或多人舞、意在挑动观众情欲的舞蹈、摇摆胸部的舞蹈、双腿不动而作过度的躯体动作的舞蹈都是不雅观的和邪恶的。

8. 宗教：神职人员之所以不能成为滑稽可笑的角色或歹徒，是因为对待他们的态度很容易转化为对待宗教的态度。观众对一位教士不够尊重，宗教在观众心目中的位置也就下降。

9. 外景地：某些地方是和性生活或性犯罪有密切的联系，在选景时必须慎重对待。

10. 民族感情：必须妥善考虑和尊重对待任何民族的正当权利、历史和感情。

11. 片名：一部影片的名字是特定货品的标识，它必须遵守这方面的职业道德规则。

12. 令人厌恶的事物：这类事物有时是情节所必需的，对它们的处理既不可沦于粗俗也不可伤害观众的感情。①

对于这部思想陈腐、立论荒唐、语义含糊、难以操作的法典，好莱坞一开始拒绝接受，制片人对它进行了批评："法典

①邵牧君：《禁止放映：好莱坞禁片史实录》，上海文艺出版社，2000年9月版，第70—72页。

的基础思想与现代的创作思维格格不入，它甚至不允许影片制作者对传统道德观有任何质疑，不允许影片对社会腐败现象有任何揭示。”法典“企图要求电影表现一种乌托邦式的生活景象，而这种违反生活真实的影片在他们看来是没有任何票房魅力的”。制片人提出这样的疑问：“这些规定是否意味着禁止电影制作者表现一个腐败的法官或无效率的司法制度？社会不公现象是否成了电影的禁区？是否喜剧片和政治讽刺片不能和警察和政治家开开玩笑？法典的诸多禁令是否意味着犯罪片里的犯罪分子都必须是毫无人性的冷血动物？银幕上能否出现现代的侠盗？犯罪分子不能有半点良心？银幕上的犯罪分子能由于司法腐败或警察无能而逍遥法外吗？法典规定必须树立政府的正面形象，这是否意味着电影不能涉及政治腐败？法典是否禁止电影业触及现代社会？政治和经济问题？……”[①]制片人提出了一个反建议：“美国的电影观众就是最好的检查官，票房就是他们表达意志的地方。”但是，经过劳德一番苦口婆心的威胁利诱，好莱坞居然悄悄地接受了这个法典。

好莱坞的委曲求全，并不妨碍知识界对法典的蔑视和嘲讽：《民族》杂志称它是“罐装的道德”，“如果所有的教士

①邵牧君：《禁止放映：好莱坞禁片史实录》，上海文艺出版社，2000年9月版，第153页。

都必须被描写成好人，‘伪善’作为一个主题就该永远与电影无缘了”，杂志还提到了法典的含糊性和无法操作性：“请想想，谁能把诸如‘绝不能把违法的犯罪行为表现成对犯罪的同情’之类的条款解释清楚呢？按照字面来解释，那就意味着‘法律和公正’永远是一回事。电影今后绝不能拍违法的革命行动了。”[①]《独家观点》预言：“影迷们读完法典之后肯定会对它的一旦生效感到‘厌恶和无奈’。”这一杂志还不无讽刺地提醒当局：“解决的办法不是搞出一部‘伪善的法典’，而是希望有声片能不靠‘拙劣的暗示’来赚观众的钱。”[②]

海斯和他的属下对这部法典是真心拥护的，但是，在“海办”关闭之前，他们一直存在着一个怎样解释和执行法典的难题：“举例来说，法典明确无误地规定了绝不能把通奸描绘成‘令人向往和诱人的’，那么好莱坞又该怎样把通奸描绘成不令人向往和不诱人的呢？电影是一种视觉手段，好莱坞的女演员是以美丽动人来吸引观众的，那么是不是为了执行法典，就应该起用长相丑陋、穿着邋遢的女人来扮演勾引者的角色呢？劳德所说的在任何情况下都不能让观众同情罪行，甚至连表示理解也不行，那合乎情理吗？劳德说通奸‘绝不能成为喜剧的题

①②邵牧君：《禁止放映：好莱坞禁片史实录》，上海文艺出版社，2000年9月版，第78—79页、第79页。

材’，卧室不能在影片里成为喜剧场面的背景，那是否意味着好莱坞从此不再能拍发生在卧室里的喜剧？涉及性关系的笑剧也一律查禁？观众会和劳德一样患卧室恐惧症吗？劳德所说的‘好色的接吻’或‘挑逗性的体态和手势’应该如何界定？他对‘好色’的定义是观众所认可的吗？劳德所说的‘情欲对社会有破坏性，对人类有严重危险’，有多少人会表示同意呢？好莱坞是否必须禁绝爱情故事呢？好莱坞是否该按一个天主教神甫的道德标准来表现美国人的生活呢？……”①

我们不好说，劳德就是鲁迅所说的那种看到脖子就想到脐下三寸的主儿。但是，我们却可以肯定地说，法典对两性关系的规定完全脱离了美国当时的道德现状——“美国社会在进入新世纪后，随着妇女地位的提高，经济状况的改善，家长制的改变和性科学知识的普及，无论在家庭结构、婚姻观念、恋爱方式、生育习惯等方面都发生了巨大的变化，婚前性行为、婚外恋、非婚生子、离婚、堕胎等现象层出不穷。”②哥伦比亚大学教授罗伯特·林德与其妻子的社会调查表明，在十个调查对象中，有七个承认婚前和别人发生过性关系。大学生中处女的百分比很高，但那只是名义上的。为了避孕，大学中人只好求

---

①②邵牧君：《禁止放映：好莱坞禁片史实录》，上海文艺出版社，2000年9月版，第83–84页、第89页。

助于金西博士发明的“发泄代用品”（避孕套）。哥大的一位教师感慨道：旧道德的强制力量已经全部消失。[1]旧的消亡，新的狂飙突进，邵牧君一针见血地指出，问题的核心和要害在于：“好莱坞能不能拍摄向传统道德观和一小撮权势人物的政治观点提出质疑和挑战的影片。说得更具体些，那就是在道德观问题上，好莱坞能不能在影片里就最敏感的性关系问题挑战传统观念。”[2]

对于这些质问，法典不屑回答，它的思想立场和美学观点是坚定不移的：电影不能从生活出发，只能从观念出发。从观念出发的结果只有一个——把电影变成了垃圾。

二〇〇六年八月十八日—二十八日

①〔美〕威廉·曼彻斯特：《1932–1972美国实录：光荣与梦想》（第一册），商务印书馆，1978年8月版，第354页。

②邵牧君：《禁止放映：好莱坞禁片史实录》，上海文艺出版社，2000年9月版，第88–89页。

# 艺术是怎样变成垃圾的？

## ——再读《禁止放映：好莱坞禁片史实录》

### 一

《阳光灿烂的日子》里有兄弟俩，兄名刘忆苦，弟叫刘思甜。这既合乎逻辑，又符合国情。“忆苦”和“思甜”一奶同胞，但一定要苦在前，甜在后。这个前后又有一个铁打的规矩——以1949年为界，如果把这个规矩颠倒过来，就要吃苦头。某老工人老贫农上台忆苦思甜，诉了半天苦，竟说的是那界线之后的事。会议的主持者恼羞成怒，诉苦者即成现行。这种故事在今日是饭后茶余的笑谈，在当年可一点也不好玩。人们以为1952年的院系合并取消了心理学，心理疾病从此求医无门。此言大谬。殊不知，风行数十年的忆苦思甜就是绝好的心理疗法。此法的要诀在于比较——或跟本国的过去比，或跟别国的现在比。比来比去，一切不满不平皆消失于无形，尧舜之世，桃花之源，人间胜境即不期而至。此种药方普适而长久，唯一的缺点是还达不到包治百病的程度。我最近发现，如果采用中外古今相结合的比较法。其疗效将极大地提高，这是邵牧君的书——《禁止放映：好莱坞禁片史实录》给我的大启示。

在我以前的印象里，好莱坞拍片子似乎百无禁忌，可以批总统，可以骂政客，可以揭露司法腐败，可以痛斥警察恶行，可以搞软硬情色，可以拍两性激情……总之，海阔凭鱼跃，天高任鸟飞。老美简直自由之极。看了邵先生的书才知道，上帝是公平的，老美原来也难受过——20世纪20年代至60年代，天主教道德联盟、执行局这两个恶婆婆以“海斯法典”为权杖，大施淫威于影业，高扬道德至上；篡改真实为虚假，一味歌功颂德。编导们即使摧眉折腰，仍旧动辄得咎：改编名著、话剧要挨骂，写实主义遭封杀，揭露资本罪恶挨枪毙，社会题材被禁止，谈情说爱不能拥吻，下层粗汉也要举止文雅，不许说“狗狼养的”“他妈的”一类的话……英雄盖世的八大公司，求为小妇而不得，竟沦为奴颜婢膝之贾桂。看到这里，我的心里莫明其妙地升腾起一种浩荡的快感——忆苦方能思甜，老美当年的苦日子，足以让国人大获平衡大感宽慰。

邵牧君给我们举了二十多个个案，说明好莱坞当年在性、暴力、政治、名著改编与社会热点题材诸方面受的苦。兹从中各选一例，以便诸位举一反三，借昔日山姆之块垒，解今朝华胄之鸟气。

性方面的典型案例首推《安娜·卡列尼娜》。各位可能会奇怪：这不是托尔斯泰的小说吗？写的不是一个追求爱情的贵妇人的故事吗？它怎么跟性有关呢？诸位有所不知，海斯法典是以维护传统道德为己任的，排斥婚外恋情，反对非婚生育，保护家庭完整，而这些都与性有关。恰恰在这些方面，托翁和他的《安娜》都触犯了法典：第一，这是一部表现婚外恋、非法同居和非婚生育的电影。第二，托翁的倾向性——同情敢怒敢爱、反抗传统、追求幸福的安娜；憎恶面目可憎、虚伪乏味的卡列宁（安娜的丈夫），对迫害安娜的旧道德持批判态度。跟执行局打过交道的人，都不会碰这部作品。可好莱坞的制片人戴维·塞尔兹尼克迷信托翁的名气，偏要把这部名著搬上银幕。

执行局主席布里恩是位铁面无私的主儿，对托翁绝不网开一面。“尽可能地压缩不正当爱情行为的‘细节’：不允许长的谈情说爱的场面，不准热烈地接吻，不准在公园里手拉手地散步，不准恋人多谈他们之间的关系（除非是把重点放在违背社会行为规则的消极影响上），不准热情奔放地乱转眼珠子……性关系的具体内容是绝对不能触及的。”另外，还要求“从头到尾让犯罪者一直处于受谴责的地位，造成‘千夫所指’的阵势才算合格”[①]。这是1935年他给该剧编剧下了的指示。

戴维发愁了——既然要表现安娜与渥伦斯基的感情发展，就势必得有一些面部表情和肢体语言。既然要表现两个自由恋爱的决心，就得描写他们的私生子。既然要批判伪道德，卡列宁的形象就高大不起来。怎么办？制片方考虑下马，编剧要求中止合同。可是公司花了那么多钱，又非干下去不可。戴维死说活说，留住了原编剧，又请了另一位编剧加盟。一干人花了半年的工夫对这部经典进行了“一次阉割和肢解”[②]：所有的有助于表现生活复杂性的情节全部删除，嘉宝饰演的安娜成了一个没有责任感的荡妇，渥伦斯基则是一个无赖加花花公子。这对男女从一见钟情到厮混、同居，从私奔、隐逸到公开露面，无论他们走到哪里，都无法摆脱舆论的谴责和绅士淑女的白眼。最后，安娜在移情别恋的渥伦斯基面前冲向了迎面开来的火车。而那个迂腐的小官吏卡列宁则成了幸福婚姻与和睦家庭的捍卫者。如此改编的影片，虽然足以把托翁气得九泉重坐，但确实达到了用高尚的思想教育人的目的。

没有苦，就不知道甜——如果用海斯法典来审查《夜宴》，那么此片不但被禁，而且冯导也要受到停导N年的处分

①②邵牧君：《禁止放映：好莱坞禁片史实录》，上海文艺出版社，2000年9月版，第272页、第274页。

——弑君篡位的皇帝（葛优）把手伸向皇后（章子怡）的酥胸、皇帝为皇后按摩、皇后裸体走向浴池、皇帝与皇后之间关于性的对白，余此等等，在执行局的眼里绝对是淫荡下流、诲淫宣春、败坏世风、践踏道德的东西。中国电影人埋怨审查条例捆住了手脚。看了《安娜》的遭遇，肯定会醍醐灌顶，觉悟到自己原来生活在蜜罐之中。

社会热点问题方面的典型案例是华纳公司拍的《矿山怒火》。这是一部描写美国煤矿工人与资本家斗争的影片。20世纪二三十年代的美国，工人阶级压在社会最底层，受尽公司老板的剥削压迫，胡佛政府对他们的疾苦置若罔闻，工会组织松散无力。有压迫就有反抗，反抗又引来了残酷镇压。威廉·曼彻斯特描述了当时的境况："1969年，美国总统任命的暴乱行为调查委员会在报告里说，'在全世界工业国家中，美国工会史上流血事件最多，斗争最残酷。'""那时产业工会中干组织工作的人有不少被害。各州州长出动国民警卫队镇压闹事工人。佐治亚州州长尤金·塔尔梅奇搞了现代战争集中营，专关工人纠察队员。宾夕法尼亚州杜肯镇（典型的煤矿城镇）的煤矿老板一年之内就花了一万七千元买军火，派人往矿工家里扔炸弹。""在弗立克矿区，公司派出的凶手守在井口，参加工会的矿工一走出来就被枪杀。"美国工会领导人刘易斯发出这样的感叹：

“美国的工人像古代的以色列人一样，心里有说不尽的悲哀，他们家里的妇女为死者守灵，为生者的前途放声恸哭。”[1]

在产业工人中，煤矿工人最惨——井下挖煤，如牛似马，老板为了赚钱，不管工人死活，瓦斯爆炸、坑道冒顶随时可能夺去他们的生命。工人们要组织起来，公司保安队千方百计地阻止，甚至不惜开枪杀人。法官与老板串通一气，矿工无处说理。煤矿工人的此种状况，构成了《矿山怒火》的社会背景，而影片的具体内容则受1929年发生在宾州的一起枪杀矿工的真实事件的启发。其剧情大意是：某煤矿屡屡发生矿难，工人们要求老板改善危险恶劣的劳动条件。矿主不理，工人罢工以争。矿主出钱雇工贼下井，同时命令矿山保安队对矿工威胁利诱，保安队殴打拒绝上工的工人，小镇上一片白色恐怖……

尽管这个剧本丝毫没有触犯海斯法典的道德戒律，但是它引起的恐慌远远超过了“荡妇”安娜。美国煤矿协会向执行局施压：“华纳的影片将对采煤业‘很不友好’，‘影片映出后必将对采煤业造成巨大伤害’。”[2]执行局与煤矿协会一个鼻孔

---

①〔美〕威廉·曼彻斯特：《1932–1972美国实录：光荣与梦想》（第一册），商务印书馆，1978年8月版，第187—191页。

②邵牧君：《禁止放映：好莱坞禁片史实录》，上海文艺出版社，2000年9月版，第325页。

出气，深恐这部现实主义创作影响经济萧条时期的社会安定。局长布里恩甚至怀疑共产党从中捣乱，宣传革命和阶级斗争。于是他紧急指示华纳改剧本：第一，去掉对采煤业的劳动条件的严厉批评，尽可能地淡化阶级矛盾。第二，把矿主写成一位体恤下情、富有人情味的老板。他关心工人的疾苦，愿意与工会携手。第三，把罢工写成是由保安队中的坏蛋挑起来的，后来参加罢工的矿工认清了坏蛋的真面目，提高了思想觉悟，离开了闹事者。第四，把组建保安队写成是矿主为保卫私人财产不得已而为之的行为，至于保安队在小镇上的暴行则全系其中的坏蛋所为，绝非那慈善的矿主指使。

华纳为了挣钱，不敢也不想违抗执行局的指示。从小说改成的剧本来了一个鹞子翻身——现实中那些阴暗、低矮、东倒西歪的小屋，在银幕上变成了一排排明亮整洁、带着篱笆墙的住宅；那些坑洼不平的肮脏街巷，变成了宽敞干净的坦途；那些为衣食发愁的主妇，一时间都成了快乐的婆娘，她们在精巧的门廊中说笑，在堆满食品的厨房中忙碌。而那些在矿区随处可见的矿工们，一个个愤懑不平，满怀悲戚，对老板恨得要死的劳苦大众，在这个故事里都变成了幸福快乐的尧舜之民，他们哼着歌儿上下班，心满意足地过着小日子。他们有什么理由不满足呢？你看，那些漆黑一团，烟尘弥漫的危险坑道，突然间变成了既明亮洁净又安全可靠的场所，那些弯腰屈身才能走过去的巷子，突然变成了高达十英尺的地下走廊，老板给的工钱不少，攒几年就能买个农场。有了这样的好日子，当然用不着工会，更不必罢什么鸟工。挑起罢工的不过是保安队派来的密探，坏蛋总是会有的，热爱老板的工人们也免不了上当受骗，混乱自然避免不了，不过，既然下有仁慈的老板，上有英明正确的华府，闹事的小人终于被识破。在影片结束的时候，坏蛋被抓，罢工结束，小镇恢复了正常——“公司获胜了，工人获胜了——归根结底是执行局获胜了。”[①]

1935年冬，影片上映，结果是“票房成绩极差，观众少得可怜”。“评论界认为该片的失败是由于过分美化了采煤业的实际情况。《文学文摘》指责影片‘过分简单化’。《纽约时报》批评影片‘为现状辩护’。《民族》杂志的影评以‘半条面包’为题，对片中的那么多的谎言感到难以理解。著名电影史家刘易斯·雅可布斯对《矿山怒火》深表厌恶，因为它‘把罢工歪曲成工人在外来歹徒的鼓动下发起的一次无耻的造反。人们根本看不到工人们在罢工中经历了什么艰辛，工人们的不满心情居然都是借一些歹徒之口来发泄的’。”[②]一心朝钱看的

①②邵牧君：《禁止放映：好莱坞禁片史实录》，上海文艺出版社，2000年9月版，第331页、第332-333页。

华纳，赔了个底儿掉。华纳的遭遇给其他电影公司敲响了警钟，社会题材的影片从此迅速下降——1935年是122部，占好莱坞总产量的23.5%，1936年104部，占其产量的19.4%，1938年只占12.4%，1939年跌到54部，占总产量的9.2%。[①]

他山之石，可以攻玉，也可以自慰——过去中国的煤矿工人的日子比美国同行如何？今日中国的矿难比八十年前的美国孰多孰少？没有人做这方面的比较研究。但是我相信，中国绝不会生产出这种让人嘲骂的烂片。新中国成立以来，写到煤矿的只有两部国产片。20世纪50年代初长影拍过一个《双婚记》，两年前李扬拍了一部《盲井》。前者因为煤炭部提意见，说它表现了旧社会煤矿的瓦斯爆炸，但也会影响新社会的煤矿招工。于是被主管部门叫停。后者尽管得了个什么奖，但属地下作品，上不了台面。有这两部片子做前车，中国编导自然不会碰这类题材，也自然不会美化什么、歪曲什么。

社会热点往往与政治有关，两极分化的问题就是如此。美国的两位总统——柯立芝和胡佛曾经宣称20世纪二三十年代是"新世纪"大繁荣时期，可是，在老百姓眼里，这个"新世纪"却是"大萧条"。历史学者记下了当时的经济惨状和贫富

①邵牧君：《禁止放映：好莱坞禁片史实录》，上海文艺出版社，2000年9月版，第371页。

悬殊：1929年，布鲁金斯研究所的经济学家计算，“一个家庭如果想取得最低限度的生活必需品，每年要有二千元的收入才行，但当年美国家庭百分之六十以上的进款是达不到这个数字的。”[①]工人每周平均工资只有十六元二角一分。童工女工更少得可怜。《时代》周刊写道，“无法无天的雇主”已经“把美国工人的工资压低到中国苦力的水平了”。即使这样的工资，也不是能轻易挣到的。失业像瘟疫一样到处蔓延，全美“大约有一千五百万到一千七百万人失业，大多数是一人养活全家。”“1932年9月的《幸福》杂志估计，美国有三千四百万成年男女和儿童没有任何收入，此数近于人口总数的百分之二十八。而且这个研究报告一如其他报告，那正在另一种地狱里受难的一千一百万户农村人口是不包括在内的。”[②]俄国驻纽约的一个贸易机构，平均每天收到350份移民俄国的申请书。有一次俄国人登广告要给国内招六千名熟练工人，竟有十万美国人报名。俄国已经成了美国人争相外逃的国家，统计数字表明，30年代初，移民他国的人数大大超出了迁入的。失业没钱交房租，就会失去住所，“1932年，有二十七万三千户人家被房东撵走”[③]。失业大军很快就变成了流浪大军，流浪大军很快就

①②③〔美〕威廉·曼彻斯特：《1932-1972美国实录：光荣与梦想》（第一册），商务印书馆，1978年8月版，第42页、第48页、第43页。

成了饥饿大军。尽管报纸杂志上经常出现各州饿死人的报道，总统胡佛仍旧对记者说，并没有人真正挨饿。直到他下台之后才有机会看到真相："有一次他在落基山区钓鱼，有个本地人把他领到一间茅屋里，看到一个孩子已经饿死，另外七个也奄奄一息。"[①]

"小说家托马斯·沃尔夫时常站在纽约的公厕里同那些处境悲惨的人们交谈，谈到他再也不忍听下去，便踏着阶梯往上走二十英尺，站在人行道上凝望，只见'曼哈顿的摩天大厦在冬夜寒光中闪闪发亮，伍尔沃思百货大楼就在不到五十码开外，再过去不远是华尔街的几家大银行，一律是巨石和钢铁筑成的堡垒，屋顶塔尖放射着银色的光辉。人间不平事，莫过于如此了：这边是悲惨万状的地狱，那边一条马路之隔就是一座座灯火辉煌的高楼矗立于凄然的月色之中。这些高楼是权力的顶峰，全世界的大部分财富就深锁在楼底坚固的地下库房里'。"[②]胡佛总统在卸任后才认识到："这边为数不过几千人……却占有大部分生产成果……那边是占百分之二十左右的人口，却只分到那么一点点东西。"[③]

---

①②③〔美〕威廉·曼彻斯特：《1932-1972美国实录：光荣与梦想》（第一册），商务印书馆，1978年8月版，第56页、第57-58页、第43页。

国家不幸诗家幸。大萧条给美国文艺界提供了无数的素材和灵感，《警惕法西斯》《怒火之花》《人鼠之间》《总统失踪记》《白痴的开心事》《死路》等指向政治和社会的写实主义作品大批涌现。1936年，好莱坞独立制片人高德温看到这里面的商机，决定把热门话剧《死路》搬上银幕。这个剧名包含着两层意思，“死路”既是剧中人物活动的场所——一条通向纽约东河岸的死胡同，也隐喻着剧中人物的前程——生活在这条街上的穷人们，除了受穷、堕落、犯罪、坐牢之外，没有任何希望。这条死路的一边是贫民窟，另一边是豪宅小区，一道高墙将这贫富两个世界分开。

故事就在这贫富世界中展开：女工德里娜自强上进，拼命打工，发誓要搬离这个鬼地方。而她的弟弟汤米已经成了贫民窟的一部分，他整天与地痞、小偷、流氓、劳改释放犯在一起瞎混。这些人无所事事，骂街、打架、赌博、偷东西、交流犯罪经验是他们的主要营生。大学建筑系毕业的“小瘸子”，一心想用自己的专业改善贫民窟的居住条件，“但是经济危机打碎了他的美国梦，他说：‘我在学校里读书时，老师总是教导我们说，人是从动物进化而来。’但是他忘了告诉我们，人也会变回动物的。”他与女工凯依相爱，可是为了逃出贫民窟，凯依不得不芳心另许，做了高墙那边的一个富家子弟菲力普的女友。

作为女人，她只能用婚姻来改变命运。杀人犯马丁从劳教学校逃回家，嘲笑“小瘸子”白念了大学。“如果你想在这个世上生存下去，你就必须想要什么就拿什么。”这是马丁的人生箴言。为了活下去，“小瘸子”不得不向警察局举报马丁。警察抓捕马丁，马丁开枪袭警，自己也中弹身亡。汤米领着他的流氓团伙以打人为乐，菲力普成了他们取乐的对象，菲力普的父亲来抓汤米，汤米将他刺伤。警察将汤米抓走。“小瘸子”只好用举报得来的奖金为他请辩护律师，而汤米对进劳教学校毫不在乎：“劳教学校可以学到不少好东西呢!”这是他给同伙的临别赠言。剧作家告诉我们，“美国有两个阶级：特权阶级和受压迫阶级；决定你的阶级地位的是你的出生地，而不是你勤劳与否”。[①]人是环境的产物，只要存在着贫穷，就存在着堕落和犯罪，汤米将成为第二个马丁，他的伙伴将步他的后尘，有了那笔奖金，“小瘸子”和德里娜会离开这里，过上张大民式的幸福生活。但那只是偶然掉在极少数人头上的“馅饼”，等待大多数人的，仍旧是犯罪与牢房，那是他们的宿命。

执行局是否准许电影触及美国的贫困问题，高德温心里没谱。但是，他既然花了16.5万美金买下了这个舞台剧的改编

---

①邵牧君：《禁止放映：好莱坞禁片史实录》，上海文艺出版社，2000年9月版，第355页。

权，就有对付执行局的办法。凭着跟执行局多年耳鬓厮磨的经验，高德温知道该怎么做才能通过审查。他告诉编剧海尔曼把剧本搞干净，海尔曼心领神会，将凡是与性和暴力有关的内容统统赶出剧本。于是那些满口脏话的流氓街痞文明起来，街上拉客的娼妓不见了，马丁拒捕袭警的情节没有了，打架斗殴变成了嬉戏游泳。高德温又嘱咐导演惠勒，必须搭景。一定不要用实景——尽管这种实景既真实又省钱。导演俯首听命，花了十万美金搭了一个“假得很”（惠勒语）的布景。为了真实，导演让剧务在布景的街道上洒垃圾，这个又脏又累的活刚干完，高德温就怒气冲冲地跑来了，他命令将垃圾全部拉走，把街道打扫干净。惠勒提出抗议：“贫民区能没有垃圾吗？”高德温回答：“哼，这个贫民区值一大笔钱呢。它应当比常见的贫民区更漂亮。”[①]

得知高德温要拍这个剧之后，布里恩就摩拳擦掌，严阵以待。高德温呈上修改好的剧本，很快就被胸有成竹的布里恩退回，还附了一份长达七页的修改提示：“不要显示垃圾、发臭的食品罐头或河面上的浮渣。”“不要在拍摄时强调贫民和富人在居住条件方面的差距。”“净化孩子们的语言，不许提到

①邵牧君：《禁止放映：好莱坞禁片史实录》，上海文艺出版社，2000年9月版，第356页。

性病，降低暴力场面的强度”等等。[1]其实，高德温早已走在了他的前面。现在他要做的，只是如何锦上添花——“每天用卡车拉来新鲜水果，抛洒在布景里”[2]。

令人诧异的是，影片上映之后“大获好评，观众踊跃”。邵先生解释道：“问题不在于影片删掉了原剧的哪些内容，而在于有多少社会批判内容逃过了高德温和布里恩的‘筛子’。”[3]说具体一点儿就是，《死路》的街道虽然干净整洁了，人物虽然不再说粗话，性病虽然不被提起，但是骨子里的东西——穷人的绝望仍在。执行局和制片人百密一疏，忽略了这部影片的DNA。

各位会说，影片大获成功，这是甜，不是苦呀。就算这个是甜，也是苦换来的。就说那高德温吧，他是被执行局“修理”出来的，吃了苦头，才学聪明。再说，要跟舞台剧比，《死路》实际上是一大失败。它在电影史上算是佳作，可在文艺史或文化史上却是伪劣品。《死路》算是幸运的，比它惨的影片多矣。《国家的三分之一》就是一个好例子，这部“揭露贫民窟惨状”的优秀话剧被阉割成一个通俗的爱情故事才允许搬上银幕。美国资产阶级对共产倾向和写实主义怕得要死，恨得要命，天主教道德联盟中的重要人物，约翰·麦克克拉弗蒂

①②③邵牧君：《禁止放映：好莱坞禁片史实录》，上海文艺出版社，2000年9月版，第356页。

神父就敏锐地意识到："让社会问题和写实风格登上银幕的倾向"，"是在为政治宣传的出笼鸣锣开道，而政治宣传对心灵健康的毒害则要比淫秽和不道德大得多。"[①]他为此专门致信给大主教，希望引起上峰的高度重视。邵先生用下列数字告诉我们执行局的重视程度："布里恩的办公室在1936年审读了1200个剧本，与制片人、导演和编剧开了1400多次会，审看了1459部影片（有许多是看了许多遍的），写了6000多份意见书，否定了各制片厂22个剧本。片厂送来的剧本无例外地都经过几次改写才得到了批准。此后几年的数字也大致如此。例如在1939年，执行局审读了2873个剧本，开了1500次讨论会，写了5184份意见书，审看了1511部影片，否定了53个剧本。"[②]

我不知道，中国的电影局与美国的执行局比起来哪位更辛苦，更敬业。但是，我知道，比起美国当年的同行来，今日中国的编导幸福多了，他们享受着关注下层、关心贫穷、关心两极分化的充分自由——随处可见的《安阳婴儿》《小武》《十七岁的单车》光盘就是明证。尽管它们像李扬的作品一样，上不了台面，因此也不可能产生什么社会影响。但是据学者专家博导教授的研究，这完全要归咎于中国的观众，像李泽厚说的

①②邵牧君：《禁止放映：好莱坞禁片史实录》，上海文艺出版社，2000年9月版，第369页、第311页。

那样，中国人更喜欢乐观地眺望将来，望着望着，就做起了白日梦，所以老谋子、陈凯歌、冯小刚才去拍《英雄》《无极》《夜宴》这些七不挨八不靠的大片。

现在不兴忆苦思甜了，我担心，中国的心理疾病会因此多起来。

二〇〇六年九月一日

# 关于于丹“心得”的心得

## ——兼论《百家讲坛》及媒介体制

### 一、《论语》心得：回到内心

于丹从《论语》中悟出了许多道理——天地人之道是“神于天、圣于地”；心灵之道是“三省吾身”；处世之道是“不抱怨社会不公，不抱怨处世艰难”；君子之道是“不是苛责外在世界，而是把有限的时间、精力，用来‘苛责’内心”；交友之道是“修身养性”；理想之道是“一个淡定的起点，给我们一点储备心灵快乐的资源”；人生之道是“越到后来越回到内心”。可以说，于丹的《论语》心得就是八个字“修身养性，回到内心”。自孔子以降，历代儒家们就一直在这方面做文章，于丹独到之处是把《论语》与时代结合起来，让孔子为现实服务。

中国文化尚静而向内，西方文化尚动而向外。这是近百年来中国鸿儒硕学对中西文化特征的共识。于丹的《论语》心得弘扬了尚静向内的传统，试图以讲故事的亲切方式，将传统文化直接嫁接到意识形态上去。

“幸福快乐只是一种感觉，与贫富无关，与内心相连”就是这一工程中的壮举。朱维铮说于丹的心得都是人家的，有失公允，他说于丹胆子大则是事实。十博士说于丹有多少错误，说明的只是于丹知识的缺陷。于丹的要害不在知识，而在于思想——幸福快乐确是一种感觉，但是这种感觉离不开物质。

物质决定感觉。“各种研究都表明，在收入水平非常低的时候，收入与快乐之间关联度更为紧密。”这是华裔经济学家黄有光在《东亚快乐鸿沟》一文中的观点。“在中国，无论城乡，人们感到不幸福的主要原因依然是贫穷——有54.6%的城镇居民和66.4%的农村居民将贫穷列为感到不幸福的主要原因。”这是零点公司的调查结果。这两条信息提醒我们，在当下，至少有一半国人的幸福快乐与贫富密切相关。在这种情况下，大讲特讲向内心寻找幸福是麻木、是欺蒙、是谀世，还是残忍？无论它是什么，都让我想起了那位惊诧百姓为什么不食肉粥的皇帝，想起了大学生调查矿难后得出的结论——“贫穷比矿难更可怕”，想起了鲁迅的名言：“自然，喜怒哀乐，人之情也，然而穷人绝无开交易所折本的懊恼，煤油大王哪会知道北京捡煤渣老婆子身受的酸辛，饥区的灾民，大约总不去种兰花，像阔人的老太爷一样，贾府上的焦大，也不爱林妹妹的。”仓廪实而知礼节，有恒产者有恒心。孔子弟子三千，贤人七十二，居陋巷箪食瓢饮而不改其乐的只有一个颜回。“人不堪其忧”恰恰说明多数人的幸福快乐与物质条件密切相关。个别不是一般，特殊不是普遍。“六亿神州尽舜尧”是浪漫诗人的幻想，向内心寻找幸福是白领小资的雅兴。财富不一定带来幸福快乐，但是贫穷肯定与快乐幸福无缘。

因为无缘，所以不平，所以仇富，所以怨天尤人——“中国社会调查所2005年的一项调查称：民众最为关心的社会问题中，排在第一位的是贫富差距。北京社会心理研究所发现，市民已连续四年把‘贫富差距过大’列为最严重的社会问题之首。人大代表向两会呈报‘心理特别不平衡，更缺少幸福感’，‘贫富差距太大，仇富心态正在产生’”[①]。而于丹给大众带来的是什么呢——“三省吾身”的心灵之道；“不抱怨社会不公，不抱怨处世艰难”的处世之道；不是苛责外在世界，而是苛责内心的君子之道；坚持“一个淡定的起点，给我们一点储备心灵快乐的资源”的理想之道……如果她面对的不是摄

①戴廉：《“幸福指数”量化和谐社会》，《瞭望》2006年第11期。

像机，而是下岗工人、失业学生、讨薪民工和矿难死者的家属，将会得到什么？

我相信，以于丹的修养，无论得到什么，她都会微笑地面对。但是，我不得不提醒沉浸在幸福快乐中的于丹：幸福快乐不但与物质条件有关，还与生活环境有关。最早提出国民幸福总值GNH（Gross National Happiness）的不丹国王认为幸福指数是由政府善治、经济增长、文化发展和环境保护四级组成的。2005年两会期间，在中科院院士程国栋提交的提案中，国民幸福总值由六类要素——政治自由、经济机会、社会机会、安全保障、文化价值观、环境保护构成。美国学者告诉人们，幸福包括对生活的的基本需求：“健康的身心、不错的财务状况、个人安全感、拥有选择的自由。”[①]健康的身体依赖于生态；健全的心态依赖于社会公正，个人收入的增加依赖于经济发展；个人安全感来自于社会的安定；选择的自由和自我实现来自于一个健全合理、民主自由、尊重人权的国度。

这些，我们做到了多少？

电影《生死牛玉儒》里面有这样一个情节：牛市长看望下岗工人，工人们七嘴八舌诉说不平愤懑和委屈：厂长卖完了设

①王默存：《幸福是什么》，《读者》2005年第3期。

备卖厂房，卖完了厂房卖地皮，他捞足了，我们下岗了，党费也就没交……牛市长正色道：不能怨天尤人，不能光发牢骚。党费还是要交的。牛市长生前无幸拜读《论语》心得，但其寻找幸福的手段却与于丹不谋而合。

## 二、《庄子》心得：回归本性

于丹在《庄子》中讲了许多故事，她用故事阐释庄子的思想，宣讲她“乘物以游心”的心得，说明“顺乎自然，回归本性”的主旨。有人批评于丹误读了庄子，错解了《庄子》的文字；有人指摘于丹断章取义，歪曲了庄子的意思。在一片批评者的吵嚷声中，李泽厚说话了，“十几处错误也不算什么”[①]。我一向敬服李泽厚的学识和睿智，但是，我不得不提请李先生注意这样一个事实——于丹的曲解误读，是她强迫庄子为她服务的结果。换句话说，她要自圆其说，就必须误读，就必须断章取义。于丹关于支离疏漏的读解足以证明这一点[②]。显而易见，于丹的误读曲解不仅仅是学识的问题，而且与学风有关。退一万步讲，即使我们把学识学风全放到一边，正心诚意地跟

①《南方周末》2007年3月22日。李说的虽是《论语》心得，其原则也应该适用她的《庄子》心得。

②详见解玺璋《于丹是怎样炼成的》，《中国青年报》2007年3月26日。

着于丹做现代逍遥游，她的论证方法——故事与心得之间的逻辑关系也会让我们时不时地从天上掉到地上，来个嘴啃泥或者仰八叉。

于丹在心得之一中告诉人们，庄子是一位超名利、齐物我、同生死，追求精神自由的真人。其心得之二给我们讲了庄子的大境界。但是，于丹并不想一语道破天机，而是在境界的功能上绕起了圈子——她强调："一个人境界的大小决定了对事物的判断，也可以完全改变一个人的命运。""站在大境界上，就会看到天生我材必有用，而站在小境界上，只能一生碌碌无为。"为了区别大小境界，于丹讲了两个故事，其一来自《庄子》，讲的是以漂洗为生的某宋国人，把制不皴手之药的秘方卖给了某客人，得到的只是百金。而此位客人将秘方卖给了吴国，得到的却是"裂土封侯，立致富贵"。其二来自于《隐藏的财富》一书，讲的是兄弟二人从德国移民美国，循常规办事的哥哥种菜维生，打破常规的弟弟在纽约一边打工一边上学。四年后，毕业于地质专业的弟弟来到了哥哥的菜地，惊异地发现他哥哥是在一座金矿上种卷心菜。于丹用前一个故事告诉人们："一个人境界的大小，决定了他的思维方式。人们常常以世俗的眼光，墨守成规地去判断事物的价值。而只有大境界的人，才能看到事物的真正价值。"于丹用后一个故事启迪世人："我们以一种常规的思维，束缚了自己的心智……只有打破这种常规思维，我们才有可能去憧憬真正的逍遥游。真正的逍遥游，其实就是无羁无绊的。"

细心的读者会发现，于丹笔下的"大境界"虚实莫测，矛盾支绌。有时它是"天生我材必有用"，有时它是"事物的真正价值"，有时它又变成了"无羁无绊的""真正的逍遥游"。人们还会发现，虽然于丹再三强调大境界必须超越世俗，世俗却不肯放过任何境界——把祖传药方卖了百金的，只晓得在地上种菜的是小境界；"裂土封侯，立致富贵"或者看到地下埋藏的金矿是大境界。说来说去一句话：小名利是小境界，大名利是大境界。仅就论证方法上看，于丹的论据只能证明"天生我材必有用"，而无法证明"真正的逍遥游"。论据的无能源于论点之间的战争——"天生我材必有用"与"真正的逍遥游"一实一虚，一矛一盾，虚实俨成敌国，矛盾势同水火。好事者不禁要问：于博士，咱不打自己嘴巴，好不？

为了掩盖偷换概念造成的漏洞，于丹把读者领上了"疯狂的老鼠"，"老鼠"带着读者穿过"有用、无用"的隧道，掠过苏轼、李白的诗词，飞越"核心竞争力"的水洼，停留在佛禅的"觉悟"面前。乘着人们头昏眼花之际，于丹以循环论证法向人们庄严宣布："庄子的人生哲学，就是教我们以大境界来看人生，所有的荣华富贵、是非纷争都是毫无意义的，最重要的是你能不能有一个快乐的人生。”这条“光明的尾巴”并不足以让于丹鸣金收兵。她还要引导众生“感悟与超越”：“‘名利’二字，是多少人一生的追求。但是，要想真正感悟庄子逍遥游的境界，就一定要能够超越名利。而有一个淡泊的心态，是超越名利的基础。”那么如何淡泊呢？许由让天下的故事派上了用场——“淡泊的心态”就是“一种宁静致远的淡泊心智”，超越名利就是放弃名利。哇塞！心态与心智，超越与放弃在这个语境中有什么区别？好事者忍无可忍，起身发问：于教授，咱不说车轱辘话，行不？

于丹并不认为自己在说废话，她急于告诉人们“生活的大道理，人生的大境界，有的时候，都是从生活中的最细微处去发现，去感悟的”。而这种发现和感悟的前提“在于我们有没有安静的心灵，有没有智慧的眼睛”。于丹举了帕瓦罗蒂的例子——这位歌唱家名声鹊起之时老担心嗓子不堪重负。在世界巡回演出的某个晚上，老帕从隔壁婴儿的哭声中受到了启发，学会了用丹田之气发声，“不仅这一次巡回演出大获成功，而且奠定了他在世界歌剧舞台上的地位”。这里的“大获成功”，“奠定……地位”云云，显然与于丹在上下文中鼓吹的淡泊为大、放弃名利、耐住寂寞相冲突。

于丹要求人们像庄子那样“外化而内不化”，“随遇而安，不与世争”。我心向往之，而不能至——我不知道应该对国人的理性感到失望，还是应该对媒体的威力表示敬意——央视的编导、出版社的编辑、报刊的记者以及成千上万的拥趸粉丝居然看不出来这样一个明显的事实：努力号召人们进入空灵之境的于丹，自己的内心却乱成一团——她教导人们如何超越名利，而举的例子却是如何获取名利。

不止一个人对我说，于丹是一个天才的演说家，听她讲话是一种享受。确实，电视里的于丹，健美精明，明眸利齿，卓励风发；似乎是一位超拔众生的教士，一名排忧解惑的精神导师。然而，当你细心拜读她的大作的时候，你就会痛苦地承认，从声画并茂的屏幕上退下的教士，原来是一个头脑混乱，心劳日拙，颟顸糊涂，絮絮叨叨的凡妇；你会悲哀地发现，这位让你心仪神往的导师，原来是个叫卖精神安慰剂的小贩，她所承诺的“逍遥游”不过是一场免费的心理咨询，她带你参观的景点，全是本国的“出土文物”——程朱的牌位、贾桂的衣冠，遁世者的棺椁、阿Q的坟地、逆来顺受者的墓志铭……

## 三、心字头上一把刀

于丹让我想起了营口教育学院教授、副院长曲啸。这位高大结实、声如洪钟的汉子，以其“当代牧马人”的事迹和声情并茂的演讲，红遍了20世纪80年代的中国。他的坎坷人生，他的爱党之情，他的“母亲错打儿子”的理论，他的《任何挫折也动摇不了我对共产主义的信念》的演讲，曾经令无数浩劫的幸存者涕泪横流。为了挽救崩溃的信仰与沉沦的道德，他以布道者的热情奔波于大江南北，先后做了2500余场报告，所到之处，听者如云，掌声雷动。而他从来不取分文，直至瘫痪失语。

80年代是一个思想缤纷的年代，那时，有关于“第二种忠诚”的思考，有关于人道主义与异化的争鸣，有《芙蓉镇》，有《被爱情遗忘的角落》，有理论务虚会上的离经叛道，也有曲啸、李燕杰等布道传教者……

如今，风流散尽，大树飘零。曲啸走了，于丹来了。听众依旧如云，掌声依然雷动。然而，她讲的不再是舶来的主义，而是自产的经典，不再是外在的理念，而是内化的身心。江山代有才人出，你方唱罢我登场。从这些风云人物的表演和思想文化的变与不变之中，我们悟到了什么？

李泽厚支持于丹，认为她“在新的社会条件下讲生活快乐，安贫乐道”普及了《论语》等经典。使国人有了类似《圣经》、佛经和其他宗教读物一样的东西。[①]我不知道这是老人的圆滑还是智者的昏话。他显然忘记了二十年前，他对孔学的评价：“所谓‘安贫乐道’‘何必曰利’，以道德而不以物质来作为价值尺度……就不仅是封建和农业小生产社会的产物，而且也确与孔子仁学原型有关。它始终是中国走向工业化、现代化的严重障碍。不清醒地看到这个结构所具有的社会历史性的严重缺陷和弱点，不注意它给广大人民（不止是某个阶级）在心理上、观念上、习惯上所带来的深重印痕，将是一个巨大的错误。鲁迅的伟大功绩之一，就是他尖锐提出了和长期坚持了对所谓中国‘国民性’问题的批判和探究。他批判‘阿Q精神’，揭露和斥责那种种麻木不仁、封闭自守、息事宁人、奴隶主义、满足于贫困、因循、‘道德’、‘精神文明’之中……”“虽然这些并不能完全和直接归罪于孔子，但确乎与孔学结构有关。”[②]

李泽厚认为：“每个传统都有坏的东西。”[③]当年他也确实批判了这种坏东西：“庄子哲学认为人的有意识有目的的生存活动竟完全可以如同大自然那样无意识无目的的自然运行，这

①③《南方周末》2007年3月22日。

②李泽厚：《中国古代思想史论》，人民出版社，1985年版，第37页。

是完全谬误的；从而它所提出的绝对自由的理想人格，如前所述，便只能是一种虚构。因为个体的人的真正身心自由来自人类集体在实际上支配事物的必然性并使自然人化的结果。庄子所采取的所谓‘超越’，恰好是对物的必然性（包括所产生的各种‘物役’现象的历史必然性）的逃避，这当然不可能成功。庄子哲学的确给中国文化和中国民族带来许多消极影响，它与儒家的‘乐天知命’‘守道安贫’‘无可无不可’等等观念结合起来，对培植逆来顺受、自欺欺人、得过且过的奴隶性格起了十分恶劣的作用。”[①]

记得洪子诚说过，李泽厚的观点在变[②]，却记不得他怎么变。李泽厚对于丹的称赞，让我豁然——二十年前，他认为的“始终是中国走向工业化、现代化的严重障碍”的孔子仁学原型，二十年后，可以变成“慰安人际、稳定社会、健康身心”的妙药灵丹；二十年前，他认为的“给中国文化和中国民族带来许多消极影响”并“起了十分恶劣的作用”的庄子超越哲学，二十年后，可以具有利国利民的“积极功能”。

逃避社会，退回内心，从中寻找人生的出路和答案，不是

---

①李泽厚：《中国古代思想史论》，人民出版社，1985年版，第191页。

②洪子诚：《问题与方法：中国当代文学史研究讲稿》，三联书店，2002年版。

于丹的发明，是我们的老祖宗人生智慧的结晶。更准确地说，是无数代人在鼻子碰扁之后，总结出来的“无奈真经”。这部“真经”的思想源头在孔子、庄子，其关键词就是一个字——“忍”。

我不认为人性之恶之劣是国人的专长特产，但是，我坚信，某些劣根性在中国人身上格外深固，格外突出。比如说这个“忍”，从“唾面自干”到“难得糊涂”，从“百忍流芳”的鎏金漆匾到“做稳了奴隶的时代”。从阎敬铭的《不气歌》到石成金的《莫恼歌》，从明代大儒陈白沙的《忍字箴》到清朝名士张公的《百忍歌》……拜托专制皇权和文化传统之赐，国人不但创立了“忍学”，而且在实践上也高踞世界各民族之上。

忍，可以养生，可以延年，可以睦邻，可以齐家，可以慰安人际、稳定社会、健康身心……忍的好处多多，却终于有人忍无可忍。于是有了陈胜、吴广、绿林、赤眉、黄巢、朱元璋、李闯王、洪秀全、孙中山及其无计其数的拥戴者和前仆后继的昭续者，他们为什么不向内心寻找幸福，不随庄子去逍遥游呢？为什么最能忍的民族只忍出了一个落后挨打、一穷二白、十年浩劫和后发国家呢？于丹绝不会想到，她在为小资服务的时候，却把常识当成了垃圾；在向现实暗送秋波的时候，却大大地得罪了历史。一个不可回避的重大问题摆在于丹的制造者、信仰者和鼓吹者面前——要让一个扭曲、单向、贫富悬殊、有法不依的社会走上和谐大道，靠忍，靠宗教，靠经典的“圣经化”，还是靠全面地深化改革？

## 四、于丹为什么这样红

近来的“红楼热”引起我的胡思乱想：设若贾母爱好炒股，为讨老太太喜欢，林妹妹发明了一种炒股理论，四处宣讲之余，又著书立说。姨娘、小姐、高级丫头一干人正闲得慌，听林妹妹说炒股的种种好处——如何使人超越名利，如何使人淡泊明志，如何使人进入大境界，马上群起响应。贾政本想反对，一者出于孝心，二者听说炒股有利于大观园内的团结祥和、敦睦稳定，也就顺水推船，表示支持。尽管薛宝钗妒火中烧，到处嘀咕黛玉的坏话；尽管丫头、老妈子、焦大一类的下人没本钱没工夫也没炒股的知识。但并无碍大局，一个满府皆说林妹妹的文化热潮依旧轰然而起。

这个拙劣的比喻足以揭示一个浅显的道理——无论何人，要想红起来，必须上附威权，下顺舆情。

20世纪90年代以降，启蒙几成绝响，多元归为一元，大众文化勃兴，消费主义占据主流，“日常生活走向审美化”（陶东风语）。占有文化资源的专业人士形成了一个新的社会阶层，这一阶层以其独特的身份，与政治、经济资源的占有者三分天下，而跻身于“中国十大阶层”的第三四位[①]。新中国自己生产的第一批中产阶级由此诞生，80年代的先锐之士所热情企盼的理想终于变成了现实。然而，这个以小资白领、专业人士和“新型知识分子”为主体的阶级并没有成为推进政治民主、经济自由和主持社会公正的中坚，却成了政治冷漠、回避现实、热心消费，因此与主流意识形态合流的主力。他们的穿着要追求格调，谈吐要富有情趣，生活要讲究方式，一言以蔽之“从广场回到了身体”[②]。当美容、服饰、休闲、旅游、家庭装修等外在的消费完成之后，对身体内部的需求就成了当务之急。于丹的心得应运而生，既满足主流，又满足中产。大众文化发现这是个宝贝，马上扑上来，录像出书访谈……于丹被绑到了消费、娱乐的战车上，就是她不想红，又岂可得乎？

上面说的只是一般原因，于丹走红还有其特殊性——她站在了中国文化鼻祖的肩膀上，讲的是中国人的“圣经”——《论语》。对于生活在礼崩乐坏，道德滑坡，信仰扫地而精神无

---

①陆学艺：《当代中国社会阶层研究报告》，北京社会科学文献出版社，2002年版。

②陶东风，徐艳蕊：《当代中国的文化批评》，北京大学出版社，2006年版，第107页。

所皈归，心理难得安抚的环境中的国人来说，这个“圣经”散发着无穷的魅力。而近百年来孔子戏剧性的遭遇——从“大成至圣先师”到“打倒孔家店”，从民国的尊孔奠孔，到“批林批孔”，也吸引了无穷的好奇心。由此可以解释，为什么同样在《百家讲坛》上侃侃而谈的教授学者们无法像于丹那样一夜成名。由此也可以断定，于丹的《庄子》心得沾了孔子的光。

话说回来，如果没有对于《论语》的创造性转换，圣人的肩膀是站不上去的。这里所说的“创造性转换”，绝非新儒学大师们所主张的以现代化为参照的学理性改造，而是按照大众文化的标准，将孔、庄低俗化、零碎化、简单化、实用化。正是这“四化”使于丹把她的心得变成一个集励志篇、故事会、心理咨询、人生漫谈、思想修养、《读者文摘》和养生之道之大成的大杂烩。大杂烩固然会吸引相当的读者，但要把它们调制成中产阶级餐桌上佳肴还需要投放“鸡精”。这“鸡精”不是别的，就是于丹从《论语》和《庄子》中提炼出来的八字真经——“回到内心，回归本性”。此经一出，马上受到了上下两方面的欢迎，上边觉得这真经可以进行“能量转换”，省掉了许多麻烦，有助于和谐社会早日降临；下边——我指的是新兴的中产阶级——则更有理由在公共事务面前闭上眼睛。就像哈维尔说的那样，把能量转向阻力最小的方面。识时务者为俊杰，俊杰的另一个名字叫犬儒。外部阻碍重重，社会问题多多，从体制到生态，从教育到就业，从房价到看病，从两极分化到公共品稀缺……当人们无法抗衡、改变、调整外界的时候，最好的办法就是逃回自己的内心。当人们把“人生不怕百个忍，人生只怕一不忍”“思前想后忍之方，装聋作哑忍之准”（《百忍歌》）奉为传家宝的时候，就会按照趋利避害、避难就易的本能行事。伟大的哲人说：最困难的是战胜自己。我斗胆补充一句：最容易的也是战胜自己。

大杂烩的适用面无疑是广大的，但是，如果没有高妙的演讲技巧——简单有力的概括和不知疲倦的絮叨，这道菜也不会那么有滋有味。易中天说，上《百家讲坛》除了会讲故事之外，还得有天赋。这个天赋是什么呢？我想起了法国社会心理学家勒庞所说的动员群众的三大法宝：断言法、重复法、传染法[1]。“幸福快乐是一种感觉，与贫富无关，与内心有关。”“逍遥游”“大境界”“超越名利”“顺乎自然”……于丹没有意识到，当她站在屏幕前，手臂在空中优雅地挥舞，目光清澈而坚定，没有犹豫，不惮误读，“不理睬任何推理和证据”[2]，

①［法］古斯塔夫·勒庞：《乌合之众：大众心理研究》（第二卷），中央编译出版社，2000年版。

②［法］古斯塔夫·勒庞：《乌合之众：大众心理研究》（第二卷），中央编译出版社，2000年版，第103页。

果断大胆地阐述着她的心得的时候，勒庞所说的第一个法宝——“断言法”已经娴熟地在她的掌握之中了。“一个断言越是简单明了，证据和证明看上去越贫乏，它就越有威力。”[①]正是这种强人而非学人式的表达，满足了大众心理的需要。但是，要想让断言深入人心还得不断重复。于丹的絮絮叨叨无意中暗合了勒庞所说的第二个法宝——“重复法”，“得到断言的事情，是通过不断重复才在头脑中生根，并且这种方式最终能够使人把它做得到证实的真理接受下来”[②]。最后，在大众传媒的共同努力之下，勒庞所说的第三个法宝——“传染法”发挥了效用，于丹的心得就像病菌一样具“有了强大的传染力”。[③]

有人会这样质问我：“于丹的书印了250万册，外埠乃至外国都请她去开讲座。这些现象你怎么解释？”我的回答是，于丹的心得是对内不对外的，它在私人领域，或者说，在“清官难断”的事情上会起作用——增益家庭感情，弥合夫妻裂痕，化解邻里矛盾，改进代际关系，失意者、厌世者会从中得到心理安抚，迷茫者、碰壁者会从中获得精神慰藉……大千世界，数亿之人，清官难断之事何止二百五十万！私人领域不谐者何止北京外埠新加坡！明乎此，就不会为于丹的拥趸之众，

①②③〔法〕古斯塔夫·勒庞：《乌合之众：大众心理研究》（第二卷），中央编译出版社，2000年版，第103页、第103页、第104页。

粉丝之多而大惊小怪。

群众者，从众之谓也。就此言之，群众是盲目的、丧失理性的人群，是被大众传媒玩弄于掌上的木偶，是向希特勒高呼万岁的“普通法西斯”。所谓“‘全民阅读于丹’，其实是社会转型时期整体道德焦虑背景下的非理性选择，是媒体与社会主流意识形态的共谋”[①]。所谓“相信群众”“依靠群众”不过是政治家进行社会动员的策略。所谓“十年浩劫”，实际上是领袖与群众、上层与下层共同合作的产物。明乎此，就会进一步理解于丹为什么这样红。

我相信于丹的走红会吸引一些学者涌向《百家讲坛》。我也相信，出于自爱，出于惜时，出于对学术的尊重，对低俗的反感，会有更多的学者会远离电视。葛兆光说得不错：“媒体是喜欢哗众取宠的……如果你在媒体讲得不够哗众取宠，它就不会喜欢你……一旦推出一批人，形成一个明显的风格后，自然将另外一批人拒之门外。”[②]

林妹妹并不在意薛宝钗的不屑、宝哥哥的冷漠、焦大的恶言恶状。胸怀着大境界，她走出了贾府，走到了外埠，走向了海外。一边宣讲着炒股中的超越、淡泊、大境界，一边收着大

①解玺璋：《于丹是怎样炼成的》，《中国青年报》2007年3月26日。
②《南方周末》2007年3月22日。

把大把的银子。偶有余暇，还要向贴身丫头紫鹃痛陈内心的痛苦："人怕出名猪怕壮，自从出名以来，我没过一天好日子！"

## 五、既打鸣又下蛋

据易中天说，上《百家讲坛》得先学会编故事，要做到"三分钟一个兴奋点，五分钟一个高潮"。以"讲故事"带学术的制片策略挽救了这个栏目，两年前因为收视率倒数第一而面临下课的《百家讲坛》起死回生。活过来的讲坛发生了三大变化：第一，方向变了。从百家变成一家。丁肇中、李政道、周思源、龙应台、霍金、比尔·盖茨这些片头人物所代表的学科、范围和视野成了虚设的招牌。科学没了，外国没了，当代没了，只剩下了"国粹"。第二，讲法变了。主讲人千方百计地制造戏剧性，一句话可以交代清楚的事情，偏偏要起承转合，弄出很多玄虚，直至搞成了美国情节剧。第三，内容浅了。无论是高深的经典、复杂的人物，还是遥远的历史，统统简化；民间故事、神话传说，古人逸事、历史趣闻倒成了卖点。不知道别人感觉如何，反正我看这个栏目的时候，常常觉得台上的要么变成了蒙学教师，要么变成了田连元的弟子，台下的则相应地成了黄口小儿或村夫村妇。台上的唯一任务就是让台下坐满，台下的唯一资格就是为台上的教授学者抱屈——

为什么讲台上不放块惊堂木。

《百家讲坛》的改革彰显了大众文化的威力和精髓，它告诉我们，这里的民族不能承受严肃、真实、沉重、深刻、高雅与神圣，这里的国民只配与消遣、造作、低俗、扭曲、逃避和犬儒为伍。《百家讲坛》的新生拨开了文化媒介人的假面，他们效力于大众传播，却把社会公器变成了与官商调情的资本；他们以知识分子自居，却放弃了知识分子的批判职能；“他们没有多少文化资本，但善于把真正的文化重新包装倒卖给媒体”[①]；“他们扮演着新的知识文化精英角色，操纵着新的话语霸权，引导着新的生活方式，塑造着关于‘幸福生活’的新的定义和神话。”[②]《百家讲坛》的选择揭示了中国媒介“一元体制，二元运作”存在的问题——“一元体制就是指媒介为国家所有制，二元运行就是既要国家拨款，更要利用国家赋予的权利去获取广告利润，而后者已经成为所有媒介的主要收入来源。这种体制下的媒介既要完成现行政治结构所要求完成的意识形态宣传任务，又要通过广告等市场经营收入支撑媒介的再生产。简言之，用国家所有制赋予的政治优势在市场上获取经济收入，又用市场上赚取的经济收入完成意识形态领域需要完

①②陶东风，徐艳蕊：《当代中国的文化批评》，北京大学出版社，2006年版，第238页、第240页。

成的政治任务。”[①]

早在十年前，人们就说中国传媒是“既要打鸣又要下蛋”的“怪鸡”。生出这种“怪鸡”的正是上述体制。于丹教诲读者要“天下担当”。读者是否可以反问一句：作为影视博士、大学教授、文化媒介人、知识分子，面对着“怪鸡”横行的局面，您担当了什么？

大凡发达国家的媒介都分商业和公共两种，前者走市场，后者非营利。美国70年代创立的有线卫星公共事务电视网(C—SPAN)，两个频道24小时播出。经费来源为政府资助、各种基金会捐赠、企业资助（非广告方式）等。所播多为教育性节目，如各种纪录片（包括科学、风土、文化、社会等内容)、严肃音乐、儿童教育等。其“任务就是将电视业中的强调娱乐的风气转变为强调信息和教育，向受众提供更多的了解政府行为的机会和渠道，让受众看到政治程序以及政府活动的全过程，从而最终让受众形成自己对公共事务的看法和观点”[②]。

---

①胡正荣：《媒介寻租、产业整合与媒介资本化过程——对我国媒介制度变迁的分析》，苏志武、丁俊杰主编《亚洲传媒研究2003》，北京广播学院出版社，2004年版。

②胡正荣：《竞争·整合·发展——当代美国广播电视市场、产业及其走向》，《媒介管理研究 广播电视管理创新体系》，北京广播学院出版社，2000年版。

中国有三个公益出版社，却没有一个公益电视台；中国有数千万文化人，其所纳之税却养不起一个严肃文化的栏目；我们天天高喊与国际接轨，却独独自外于普世性体制。我们念兹在兹于大国的崛起，却抽掉了崛起的思想文化根基。经过近十年的折腾，我们才认识到医疗、教育不能完全推向市场。还要经过多少年，我们才会认识到，作为社会公器的大众传媒不能全部沦为唯利是求的工具?

2007年4月10日，有关部门发文，要求电视台抵制低俗文化，不要唯收视率是求。讽刺的是，正是同一个机构授予了《百家讲坛》2006年度的最佳制片、最佳人文节目两个大奖。以“科学教育”命名的频道，却没有科学的影子；号称“百家讲坛”的栏目整天翻阅的却是自家的陈年老账；为中产小资特制的“心灵鸡汤”却得了最佳人文奖。

事已至此，夫复何言！

二〇〇七年四月三十日于北京

# 风雨苍黄《武训传》

《武训传》批判是新中国成立后发动的第一场全国规模的政治运动，它从电影发端，横扫整个思想文化界。运动深入到所有的文化部门，持续了将近一年。对电影事业而言，这场运动造成的后果是极其惨重的。首先，私营电影公司出品的影片受到批判，私营影业随即消亡。其次，电影审查愈发严苛，电影指导委员会更加谨小慎微，以致在一年半内没有一个剧本通过。国营电影厂被迫停产。最后，“对电影人的思想和精神心理的影响。新中国电影界普遍流行达几十年之久的‘不求艺术有功，但求政治无过’的心理病，由此开始。”[1]公式主义、概

①陈墨：《百年电影闪回》，中国经济出版社，2000年版，第216页。

念化从此盛行。①尽管1985年胡乔木代表中共中央对这场运动做了“基本错误的”结论，但这场运动留下的阴影至今没有完全散去。《武训传》不能公演，不能出音像制品，绝大部分文学史和电影史著作仍旧按照主流话语来解释这场运动，把问题局限在所采取的方式、态度上。

## 一、武训其人

武训（山东堂邑人，1838—1896）是中国近代史上著名的平民教育家，他以乞丐之身而行兴学之事，艰苦备尝，终生不渝。为表彰他的义学善举，清政府赐其“义学正”之名号，“乐善好施”的匾额和象征最高荣誉的“黄马褂”。清国史馆将其事迹列入清史列传孝行节内。新中国成立前，各界要人和社会名流对他都备极推崇。蔡元培、黄炎培、邓初民、李公朴、

①赵丹在《地狱之门》之中谈道：“我怎么会走上公式化、概念化的路上来呢？……影片《武训传》受到全国性的大批判后，我在思想上逐步形成了几个概念。一，‘艺术必须为政治服务’。因此艺术本身就没有其他职能，艺术即政治。二，只能歌颂无产阶级的英雄人物，不能歌颂其他阶级的人物，对其他阶级的人物只能是批判性的；而无产阶级的英雄人物，则必定是具有崇高思想境界，高尚的道德品质，不具有缺点与错误。如果稍微写一点缺点错误，就犯了立场、倾向性的原则错误。三，‘各种思想无不打上阶级的烙印’。因此一招一式、一举一动、一颦一蹙，都有阶级的内容。因之一切人物的内部素质与外部形体都只应该是壁垒分明的表演，否则就混淆了阶级的界线啦……”（《戏剧艺术论丛》（第二辑），1980年4月，第60页）

陶行知等民主人士，蒋介石、汪精卫、戴季陶、何思源等政界人物，冯玉祥、张学良、杨虎城、段绳武、张自忠等军界要人，郭沫若、郁达夫、臧克家等文化名流，或为他题词著文，或为他的义学捐款。近代教育家陶行知更是以他为榜样，创办育才中学，提倡“武训精神”，抵抗国民党当局的压力，反对当时的教育体制。1945年，中共主办的《新华日报》曾发表过称赞他的文章，[①]1943年至1949年间，中共冀南行署还设立过武训县，成立了武训县抗日民主政府。总之，武训是一位有着巨大影响的历史人物，山东民众称其为“武圣人”，知识界视其为平民教育的先驱楷模，国外教育界称其为“无声教育家”，[②]在遭到批判以前，他在历届政权和不同的社会中都是正面的、被褒扬的、受崇敬的形象。

1944年，孙瑜受陶行知先生之托，决心把武训的事迹搬上银幕。1948年7月中国电影制片厂（“中制”）投拍此片。11月初，在影片拍摄三分之一的时候，“中制”因政治形势和经济

---

①1945年12月1日，郭沫若在中共中央南方局《新华日报》纪念武训特刊上题词：“武训是中国的裴士托洛齐，中国人民应该到处为他树铜像。”同月6日，《新华日报》发表黄炎培、邓初民、李公朴、潘梓年等人纪念武训诞辰107年的文章。

②转引自姜林祥：《武训精神与中国传统文化》，张明主编《武训研究资料大全》，山东大学出版社，1991年版，第282页。

困难停拍。1949年2月，昆仑影业公司以低价购得此片的拍摄权和底片、拷贝。孙瑜加入昆仑公司接拍此片。在1951年2月拍成前，这个剧本经过三次修改。

## 二、孙瑜三改《武训传》

第一次修改是在1949年底，在参加了新中国的第一次文代会，征询过周恩来对武训的看法之后，孙瑜采纳昆仑编委会陈白尘、蔡楚生、郑君里、陈鲤庭、沈浮、赵丹、蓝马等人的意见，对剧本做了第一次修改。

这是一次根本性的修改。37年后，孙瑜撰文谈到主要修改的内容："1948年我在'中制'所拍的《武训传》剧本是一部歌颂武训'行乞兴学'劳苦功高的所谓'正剧'。陈鲤庭感到，武训兴办'义学'可以作为一部兴学失败的'悲剧'来写。大家也认为，只要指出兴'义学'是失败的，劳而无功的，而武训本人到老也未发现和感到他失败的痛苦，才能成为一个大'悲剧'。郑君里建议把周大作为当时的太平军北伐被打散、隐身在张举人家中当车夫的一位壮士；沈浮也想到，周大以后还可以'逼上梁山'带领一支农民武装，对地主恶霸索还血债，烧杀报仇——这些修改意见我都一一接受。我认为，封建统治者不准穷人念书，但武训说'咱穷人偏要念书'，他那种‘悲剧性的反抗’能揭露封建统治者‘愚民政策’的阴险刻毒。同时，剧本的主题思想和情节虽然做了重大修改——改‘正剧’为‘悲剧’——武训为穷孩子们终身艰苦兴学虽‘劳而无功’，但是他的那种舍己为人的、艰苦奋斗到底的精神，仍然应在电影的主题思想里予以肯定和衷心歌颂。”[①]

1950年初，“上海电影事业管理处”的领导之一陆万美在听取了剧本的主题思想和剧情后，提出建议：“我感到影片提出的问题，和我们今天的现实生活已隔离得太远。老区农民翻身后自觉学习文化非常热烈，民办公助的‘庄户学’，新型的人民大众学校已成千上万地建立。武训当时的悲剧和问题，实际早已解决。但武训艰苦兴学，热忱劝学的精神，对于迎接明天的文化热潮，还可能有些鼓励作用。因此建议，在头尾加一小学校纪念的场面，找一新的小学教师出来说话，以结合现实，又用今天的观点对武训加以批判。”[②]孙瑜按照陆的意见，对剧本做了第二次修改。

从艺术形式上讲，这次修改主要在开头和结尾，剧本原来的开头是由一个“老布贩”在武训出殡时对他孙儿讲武训兴学

---

①孙瑜：《影片〈武训传〉前前后后》，《中国电影时报》1986年11月29日。

②陆万美的话原出自1951年1月29日的《云南日报》，此处转引自孙瑜的文章（《影片〈武训传〉前前后后》，《中国电影时报》1986年12月6日）。

的故事，结尾也是由这个旧时代的老人勉励孙辈们好好念书。孙瑜将时间、背景和人物做了修改。时间由清末（1896年）改成了新中国成立后（1949年），背景由武训出殡改成了武训诞生111周年纪念会，讲故事的人由“老布贩”改成了“人民女教师”，听众则由老人的孙子改成了新中国的小学生。为了达到“用今天的观点对武训加以批判”的目的，女教师在影片的结尾说了一番总结性的话：“武训老先生为了穷孩子们争取受教育的机会，和封建势力不屈服地、坚韧地斗争了一辈子。可是他这种个人的反抗是不够的。他亲手办了三个‘义学’，后来都给地主们抢去了。所以，单纯念书，也是解放不了穷人，还有周大呢——单凭农民的报复心理去除霸报仇，也没有把广大群众给组织起来。中国的劳苦大众经过了几千年的苦难和流血的斗争，才在为人民服务的共产党组织之下，在无产阶级的政党的正确领导下，打倒了帝国主义和国民党政权，得到了解放！我们纪念武训，要加紧学习文化，来迎接文化建设搞潮。我们要学习他的刻苦耐劳的作风，学习他全心全意为人民服务的精神，让我们拿武训为榜样，心甘情愿地为全世界的劳苦大众做一条牛吧！”[①]这段盖棺论定的话“是1950年底，《武训传》全

①女教师的这番话摘自《武训传》剧本，与孙瑜文中引用的略有出入。

片摄完时，经过党领导作过修改后审定的。基本上概括了《武训传》的主题思想（或称‘倾向’）和剧情发展——评述和刻画武训幻想‘念书能救穷人’并为之奋斗一生的‘悲剧’，歌颂他坚持到底的精神，描写武训发现他兴学失败的悲痛，把希望寄托在周大武装斗争的胜利上。这也是1950年初《武训传》剧本之所以得到通过并进行拍摄的主要原因之一。”[①]

第三次修改与前两次不同，前两次源于政治，第三次则是由于经济——昆仑公司发不出工资，要求孙瑜将此片拍成上下两集。在紧密结合主题思想的基础上，孙瑜添加一些情节：一，武训昏睡中幻入地狱、天堂的梦境。二，李四和王牢头协助周大越狱，周大逼上梁山。三，封建官吏为了收揽人心，利用武训，奏请朝廷嘉奖武训。这次修改虽然不如前两次重要，但是它加强了一文一武这正副两条线索，丰富了人物形象，突显了主题思想。

1950年底，《武训传》公映，“观众反应极为强烈，可算是好评如潮，‘口碑载道’”[②]。1951年2月，孙瑜带着拷贝到北京请周恩来等领导审看。2月21日晚七时，周恩来、胡乔木、朱德等百余位中央首长在中南海某大厅观看了此片，“大

---

①②孙瑜：《影片〈武训传〉前前后后》，《中国电影时报》1986年11月29日。

厅里反应良好，映完获得不少的掌声”[①]。朱德与孙瑜握手，称赞道“很有教育意义”[②]，周恩来、胡乔木没提多少意见，周只是希望将狗腿子毒打武训的镜头剪短。[③]孙瑜马上照办。

从上述修改剧本的过程中，可以看出，《武训传》的文本虽然受到了国家意识形态的严重操控——从正剧改成悲剧，从单纯的行乞兴学到一文一武两个情节线。但是，作为定稿的文本仍旧带有明显的个人痕迹——对武训行为、品质的肯定和颂扬。对于权力话语来说，坚持个人观点，也就是坚持个人阐释历史的合法性，也就是坚持文化与话语的多元。这种姿态本身就是对一元化的挑战，因此，批判其个人观点势在必行。另外，特别值得注意的是，文本的修改和定稿是在党的具体指导下进行的，并且其定稿是经过党的领导审定的。尽管党内对武训的评价略有分歧[④]，但是，即使是党内高层也没想到，肯定《武训传》就是“承认或容忍污蔑农民革命斗争，污蔑中国历史，污蔑中国民族的反动宣传为正当的宣传”[⑤]。即使朱德、周恩来、胡乔木也没有想到，区区一部《武训传》会说明“我

①②③孙瑜：《影片〈武训传〉前前后后》，《中国电影时报》1986年11月29日。

④在孙瑜征求上海编委会意见时，夏衍曾提出“武训不足为训”。孙瑜：《影片〈武训传〉前前后后》，《中国电影时报》1986年11月29日。

⑤《应当重视电影〈武训 传〉的讨论》，1951年5月20日《人民日报》。

国文化界的思想混乱达到了何种的程度！”[①]会证明“资产阶级的反动思想侵入了战斗的共产党”[②]。会引发一场声势浩大、影响深远的政治运动。这一巨大的反差说明，以激进主义为特征的极“左”思潮从新中国成立之初就已经产生，它远远地超过了党内高层的思想认识水平。因此，它有资格批评那些“号称学得了马克思主义的共产党员”，“丧失了批判的能力，有些人竟至向这种反动思想投降”。[③]它要贯彻、丰富《讲话》所提出的文艺思想体系，进一步确立“文艺为政治服务”的思想原则。新中国成立初期电影生产的平衡局面——国营与私营影业同在，政治话语与个人话语并存的二元格局由此打破。

## 三、五十年评价：正一反一合

关于《武训传》的评价，五十年来经历了一个正一反一合的过程。从1950年12月公映到1951年5月20日《人民日报》发表社论前，人们对《武训传》的评价基本是正面的——国内各大报纷纷发表影评和绍介性文字：孙瑜介绍编导此片的艰辛过程，赵丹讲述了演武训时受到的教育，端木蕻良赞扬武训的奉献精神，育才学校的校长表示要进一步发挥“武训精

①②③《应当重视电影〈武训传〉的讨论》，1951年5月20日《人民日报》。

神”……据统计，在这几个月中，各地报刊发表的有关文章共计55篇[①]。在这55篇之中，只有贾霁、杨耳、邓友梅等少数人对武训和影片持批评态度。在十七年的电影史上，“百家争鸣”的局面只有两次，这是第一次。

在反对意见中，贾霁的文章《不足为训的武训》值得一提，此文的观点不但颇有代表性，而且还有相当的“理论”色彩。贾文认为，影片是失败的。就人物的思想而言，武训没有透过现象看本质，不是把阶级压迫而是把不识字当作穷人受苦的根本原因。他生活的时代正是太平天国革命运动兴起的时代，他身边还有一个参加过太平军的周大，“为什么这个时代这个影响没有在武训的头脑里起着积极作用呢？”因此，武训对生活的认识“是从个人出发的，主观唯心的，形式主义的”。“这种认识，违反历史现实的真理，它的出发点是错误的，它的结果是危险的。”就人物采取的方法而言，武训的行乞兴学，脱离劳动，脱离群众，脱离伟大的时代运动。办义学“不走群众路线”，“不依靠群众来实现计划”，而是依靠地主阶级。这说明武训“没有站稳了阶级的立场，是向统治者做了半生半世的妥协和变节”。因此，武训走的“是阶级调和的路

①见《武训研究资料大全》附录。

线”，其方法是“近似于改良主义的方法”。就题材而言，武训这个题材根本不值得表现，“它与我们伟大祖国的历史不相称，与我们伟大的现实运动不相容，它对于历史和今天，都是没有意义，没有价值的”。而编导在表现这一题材上也犯了“严重的”“根本性”的错误：“武训既然是一个善良的劳动人民，按照他小时候的‘聪明灵巧’善于学习的特征，对于私塾先生和掌柜的这类人物的仇根，到了后来为什么都丧失殆尽了呢?”“武训的幼年分明已经有着了对于识字的渴望，为什么一定还要到地狱里去幻游一下才有所谓觉悟呢？那一种变态的心理分析所表现的一种小资产阶级知识分子疯癫痴迷患得患失的没落情调，难道是一个老老实实的劳动农民所能有的情绪吗?”一个更严重的错误是，影片宣传说，“文字无论掌握在谁手里也都是对任何人服务的……这就是影片所编造的关于立据偷字据的等等戏剧性，突出地肯定地宣传了字据在当时社会的超阶级的社会效能”。字据是法律凭证，而法律是有阶级性的，封建社会的法律是为地主阶级服务的，所以他们根本不怕字据，武训并不会因为有了一纸字据，就会从地保那里要回他存的百二十吊。地保也犯不着为了赖账而派人去偷与武训立下的字据。结论是：“作者在这里尽其能事地做到了一种模糊阶级斗争意识的一种无原则立场的宣传。”[①]

贾霁的上述观点是基本错误的，第一，他对武训“透过现象看本质”的要求背离了历史的规定性，把阶级斗争的观点强加给历史人物。第二，他对武训的责难——不走群众路线，投靠地主阶级办义学，对地主阶级的仇恨丧失殆尽等说法违背了基本的历史常识。第三，阶级斗争不是推动历史的唯一动力，阶级合作、改良主义同样是推动中国现代化的重要力量。[②]第四，因此，同近代史上出现的工业救国、科学救国、教育救国等进步的、改良的思潮一样，武训“办个义学为贫寒”的人道主义思想和努力不但在历史上有意义，在现实中亦有价值。第五，影片表现武训觉悟的艺术手法——梦游地狱天堂，是否允当可以讨论。但将其说成“变态的心理分析”，“小资产阶级知识分子疯癫痴迷患得患失的没落情调”则完全是以政治话语取代艺术分析，以打棍子、扣帽子代替正常的学术探讨。在中国电影史上，贾霁的这篇文章意义重大，它不但为反历史，反马克思主义，反现实主义的

①此节中的引文均出自贾霁《不足为训的武训》一文，贾文原载1951年《文艺报》四卷一期。又见《武训和〈武训传〉批判》，人民出版社，1953年版。

②黎澍：《关于五四运动的几个问题——在五四运动六十周年学术讨论会上的发言》，《近代史研究》1979年第1期。

“政治索隐式影评”[①]开了先河，而且也为强词夺理、上纲上线、“五子登科”的党棍学阀的恶劣作风开辟了道路。

此文最初发表在《文艺报》上，在毛泽东发动《武训传》批判的前五天，被《人民日报》转载，成为发动这次政治运动的前驱先导。两年后又成为人民出版社出版的《武训和〈武训传〉批判》一书的首篇，此文在权力话语中的意义和分量可见一斑。

1951年5月20日，《人民日报》发表了毛泽东亲自撰写的社论《应当重视电影〈武训传〉的讨论》。这篇社论是毛泽东文艺思想体系中的一个重要文献，它是对《讲话》中提出的“歌颂与暴露”观点的补充和发挥。《讲话》中，政治是区分歌颂与暴露的标准：“对于革命的文艺家，暴露的对象，只能是侵略者、剥削者、压迫者及其在人民中所遗留的恶劣影响，而不能是人民大众。”社论则将这一标准深入到文化之中：“《武训传》所提出的问题带有根本性质，像武训这样的人，根本不去触动封建经济基础及其上层建筑的一根毫毛，反而狂热地宣传封建文化，并为了取得自己所没有的宣传封建文化的地位，就对反动的封建统治阶级竭尽奴颜婢膝之能事，这种丑恶

①关于“政治索隐式批评”详见李道新《中国电影批评史》第六章第二节，中国电影出版社，2002年版。

的行为，难道晚们所应当歌颂的吗?”对照一下同是《讲话》中提出的观点：“我们决不可拒绝继承和借鉴古人和外国人，哪怕是封建阶级和资产阶级的东西。”就可以清楚地看出，“歌颂与暴露”的文艺思想在始作俑者那里发生了怎样的变化。同时，这篇社论也是对关于京剧《逼上梁山》的通信中提出的历史观的丰富和发展。在通信中，毛泽东要求的只是“恢复了历史的面目”，而在社论中，则进一步提出了如何看待中国历史，如何看待农民革命的问题。并为《武训传》下了这样的结论：它是“污蔑农民革命斗争，污蔑中国历史，污蔑中国民族的反动宣传……”这篇社论开创了以政治手段解决文艺问题的先河，“强化了文学主题的单一性”，“使文艺隶属于政治的关系更加凝固化。”“《讲话》为中国当代文学思潮所奠定的这一基石，在这次批判运动中被夯实加固。”[①]

在社论发表的当天，《人民日报》在“党员生活”栏中，发表短评《共产党员应该参加关于〈武训传〉的批判》，《人民教育》发表社论《展开〈武训传〉的讨论，打倒武训精神》，文化、教育、历史研究等部门迅速地行动起来，召开各种批判会，各界名人被组织起来，纷纷发表表态性文章，徐特立、何

①朱寨主编《中国当代文学思潮史》，人民文学出版社，1987年版，第81—82页。

其芳、夏衍、艾青、袁水拍、胡绳、王朝闻、钱俊瑞、华君武、陈波儿等踊跃参加，孙瑜、赵丹登报检讨，马叙伦、李士钊（武训传的作者）、瑞木蕻良等为武训说过好话的人们纷纷进行自我批判。《大众电影》等刊物纷纷刊出编辑部的检讨文章……不久，中央教育部发布了“各地以武训命名的学校应即更改校名”的通知。从社论发表到5月底的11天中，仅报上发表的批判和检讨文章即达108篇，6月份报上批判文章的数量则翻了4番，不算各报编发的文章，仅以个人属名的文章即达410多篇，至1951年8月底，这类文章已达到850多篇。[①]

为了彻底澄清文化界和教育界在武训问题上的混乱思想，人民日报社和中央文化部组织了一个武训历史调查组。调查组由周扬负责，由人民日报的袁水拍、中央文化部的钟惦棐和江青（化名李进），山东宣传部的冯毅之，聊城地委宣传部的司洛路，临清镇委宣传部的赵国璧等13人组成。在堂邑、临清、馆陶等县、镇、区、村干部的协助下，访问了当地各阶层的人160余位，进行了两个多月的调查。《调查记》由袁水拍、钟惦棐、江青三人执笔。7月23—31日，《人民日报》连载《武训历史调查记》。

---

①见《武训研究资料大全》附录。

《调查记》分五部分：一，和武训同时的当地农民革命领袖宋景诗；二，武训的为人；三，武训学校的性质；四、武训的高利贷剥削；五，武训的土地剥削。《调查记》的结论是："武训是一个以'兴学'为手段，被当时反动政府赋予特权而为整个地主阶级和反动政府服务的大流氓、大债主和大地主。"《调查记》将这一全国性的政治运动推向高潮，各单位组织人马学习调查记，各种学习心得占满了大小报刊的版面。郭沫若、翦伯赞、管桦、李尔重等名人学者纷纷撰文，谈《调查记》给他们的教育启发。1951年8月8日，《人民日报》发表周扬的文章《反人民、反历史的思想和反现实主义的艺术》，这一长文为《武训传》批判做了理论性的总结：政治上反人民，思想上反历史，文学上反现实主义。周扬的逻辑前提是："因为新中国是革命是武装斗争的成果，如果强调改良主义的合理性和正当性，当然，就等于质疑了革命的合理性和正当性。""这个前提，一是否认对历史的不同阐释的合法性，另一个是否认文学写作的修辞性质，和作家的虚构的权利。"[①]根据这个前提，周恩来在中央上做了检查，夏衍等电影方面的领导在报上公开检讨，李士钊六年后被打成右派，武训成为死

①洪子诚：《问题与方法：中国当代文学史研究讲稿》，三联书店，2002年版，第102页。

有余辜的历史罪人，《武训传》被禁映。《武训传》的评价由正面走向了反面。

16年后，这一反题被人们以更狂热的姿态书写，1967年5月26日，《人民日报》重新发表毛泽东为《武训传》撰写的社论，5月27日，《人民日报》在报道全国亿万军民欢呼《应当重视电影武训传的讨论》重新发表的同时，宣布“把《武训传》和《修养》一起抛进垃圾堆”。刘少奇的“修正主义”与武训的“奴才主义”挂上了钩，孔孟之道与武训精神成了难兄难弟。在挥舞批判的武器的同时，武器的批判也派上了用场——武训的坟墓被掘，尸骨被抛，塑像、匾额、祠堂被毁。《武训传》更成了过街老鼠。耐人寻味的是，在光大当年“无限上纲”，“五子登科”的政治索隐作风的同时，当年大多数批判者，如周扬、夏衍、田汉等人也被打成了文艺黑线上的人物，或沦为楚囚，或住进牛棚。

这一局面直到29年后才被打破，1980年8月江苏无锡公安分局张经济投书《齐鲁学刊》希望为武训平反。作者根据亲身了解的事实指出：一，武训始终是一个靠行乞过日子的穷人，虽然后来有了田产，但都是为了办义学，他本人却不敢有所私。二，统治阶级确实嘉奖过他，但他没有接受那件黄马褂，没有以此欺压乡里，穷孩子读书仍然可以不缴学费。三，他本人没有反对过农民起义。四，他办义学确有一定成绩。至于义学失败，是社会造成的，绝不能由武训来挨棍子。在文章的结尾处，作者写了这样一段话："从批判《武训传》《清宫秘史》到"文化大革命"，我国开展了众多的意识形态领域里的大革命，我们失去了什么，得到了什么，真该认真总结一下深刻的教训啊！"[①]从张文发轫，至1981年上半年，《齐鲁学刊》连续四期发表李士钊、范际燕、范守信等人重评武训和《武训传》的文章。但此后四年中，"由于极左思想的干扰，《齐鲁学刊》再未敢发表有关这方面的文章"[②]。直至1985年9月6日，胡乔木代表中共中央发表公开讲话。

胡乔木说："我们现在不对武训本人和这个电影进行全面的评价，但我可以负责任地说明，当时这种批判是非常片面、极端和粗暴的，因此，这个批判不但不能认为完全正确，甚至也不能说它基本正确。"[③]这一表态为我们提供了两个信息：第一，中共中央承认当年的批判是错误的，错误在于思想和方法。思想上"非常片面、极端"，方法上非常"粗暴"。显然，

---

①张经济文原载《齐鲁学刊》1980年第4期，转引自《武训大全》，第771—772页。

②张明：《为武训研究说几句话》，《聊城师范学院学报》1985年第4期。

③《人民日报》1985年9月6日，胡乔木在陶行知研究会和陶行知基金会成立大会的讲话。

这是一种非常简单、含糊的表态。它既没有说明这种思想的性质，也没有解释这种思想为什么会在党内畅通无阻。第二，尽管这种表态表明了新时期的执政党面对事实和重估历史的勇气，但是，表态的内容却说明，在武训和《武训传》这类涉及到重大理论问题的历史人物和事件面前，国家意识形态所提供的理论是贫乏无力的，它无法对武训和《武训传》做出全面的评价。

民间话语弥补了权力话语的缺席，在1991年和1995年召开的两次全国武训研讨会和此前发表的文章中，学界在充实、丰富、发展张经济四点看法的基础上，对武训和《武训传》做出了新的评价：一，武训走的是教育救国的路。其兴学活动反映了下层农民朴素的改良主义意愿。武训是改良主义中的平民改革派。二，武训继承发扬了“仁者爱人”的思想，对社会下层表现出强烈的同情心和博爱精神。三，毛泽东曲解了《武训传》。他指责《武训传》“用革命的农民斗争的失败作为反衬来歌颂”武训的行乞兴学。事实上，影片始终“没有在画面上反映出周大率领的农民起义军‘失败’，相反，影片倒用了不少镜头来描绘农民起义军给地主阶级的沉重打击”。“随着《人民日报》那篇社论的发表，电影《武训传》便给拍板定了案，从此打入冷宫，而且时隔四十多年，至今尚未翻身。在人民民主专政下的社会主义国家，封建式的长官意志竟然还有如此巨大的威势，这不能不说是一件令人震惊的憾事。”[①]四，《历史调查记》先下结论后找证据，歪曲、捏造事实。“脱离事实联系的所谓历史调查，可以说是开了唯心主义的反历史的先河，以这份调查记，和污蔑诬陷刘少奇同志的所谓调查相对照，我们就会发现其唯心主义的反历史的血缘关系。”[②]

历史在轮回，胡乔木讲话之后，关于武训的活动再次活跃起来。百余年来纪念武训的历程浓缩在十几年中重新上演——各种纪念活动接踵挨肩，戈宝权、臧克家、胡挈青、张劲夫、胡绳等社会名流为武训题词，赋诗；武训纪念堂、纪念馆落成，武训展览馆、研讨会开幕。被列为山东省社会科学业研究“七五”规划重点项目的《武训研究资料大全》出版，历史在自我嘲弄中走完了正—反—合的全过程。

与其说《武训传》批判引起的问题至此结束，毋宁说真正的思考才刚刚开始——几乎所有的论者都在努力地将武训和《武训传》与改良主义区别开来。其实，这种努力是徒劳的。

---

①孙永者：《何于一丐作苛求——兼论电影〈武训传〉应当复出》，张明主编《武训研究资料大全》，山东大学出版社，1991年版，第31页。

②俞润生：《陶行知与武训》，张明主编《武训研究资料大全》，山东大学出版社，1991年版，第841页。

在这一点上，毛泽东和周扬们是对的。问题并不在于武训和《武训传》是否与改良主义沾边，而在于我们如何看待改良主义在历史上的作用。进言之，在于我们如何评价剥削阶级、统治阶级的历史地位，以及他们所代表的“恶”对于历史的推动作用。凡是谈到武训与周大关系的论者都在为武训辩护，说他没有反对农民起义。其实，这种辩护没有多大意义。问题并不在于武训对农民革命的态度，而在于如何评价这种农民革命。进言之，在于我们应该如何看待近代史的主流。如果我们将走向现代化作为近代史的主流的话，那么，真正的主流是给中国带来了资本主义的洋务运动和具有资产阶级改良性质的戊戌维新，而不是作为旧式农民战争尾声的太平天国和盲目排外、愚昧迷信的义和团运动。凡是论及《武训传》批判的教训的论者，都以国务委员张劲夫的说法为准，以为造成这场错误的批判的关键在于，它“未有将学术问题、艺术问题与政治问题区分开来”[①]。事实上，这种来自于权力话语的解释并没有说到问题的关键。问题的关键并不在于区别什么学术、艺术与政治，而在于当时的政治体制和

①忠民：《〈武训传〉问题的关键究竟在哪里》，张明主编《武训研究资料大全》，山东大学出版社，1991年版，第21页。

这个体制所奉行的思想体系，在这种体制和体系之下，学术、艺术就是政治。正是这种体制和体系，为激进主义极“左”思潮的发展壮大，为毛泽东批判《武训传》提供了条件。毛泽东提供观点，贾霁等极左派提供方法，上下结合，配合默契，激进主义的政治——文艺运动从此大行其道。

# 第二辑：碎影

# 北大三事

## 一 “人生识字忧患始”

我与北大的缘分只有三年。本科毕业连考了两次研究生都名落孙山，不考了不考了，却撞上大运——同事小贾塞给我一个表格，说某某生病弃考，要我填。当时我正在为内蒙古“文革”搜集资料，哪有心思备考，就把那表格扔到一堆报纸里。没想到，小贾又把它拣出来，填上我的名字，还跑到领导那里给我请假。好意难违，我只好又去死记硬背。这一背，还背出了名堂——“中国古代史”的试卷把朝代的年号搞错了。我跟监考官说了，还不解气，又在百忙之中，在卷子边上写了正确答案，还对那出题的进行了一番批评教育。现在想起来，都是瞎耽误功夫——那些年号随手可得，你考它、记它、纠正它干吗?

鬼使神差，通知我口试。主持口试的是周强、赵齐平和另一位先生。周先生壮健庄重，赵先生英俊潇洒。周身着中山装，赵却是花格格毛衣。早听同学说过赵先生，所以，对他格外留心，其脸型面色，让我想起了关云长，只是多了一副眼镜，少了五绺长髯。听他谈笑，又让我想起了周瑜。老将程普的话也接踵而至："与周公瑾交，如饮醇缪，不觉自醉。"入学后，我才知道，赵先生当时已经重病缠身。

赵先生得的是肾病，而直到他住院换肾，我才知道他生病的原因——他曾经是"梁效"[1]的成员。"四人帮"倒台后，"梁效"中人受审查，赵先生参加过评法批儒的写作，审查小组认定他是跟着"四人帮"反周总理的。赵先生一遍又一遍的检查，总过不了关。

一次，审查小组叫他交代跟"四人帮"的关系。本来莫须有的事，他百口难辩，审查耗到很晚。当时外面雨狂风骤，他苦痛至极，全然不顾地走进倾盆之中，而因神志恍然，茫茫然不知所往，直到深夜才浑身净湿地回到家中。这一夜的外寒内热，栽下了置他于死地的种子——他得了重感冒，高烧不退。而为了立功赎罪，他又拖着病体，焚膏继晷编写电大教材。感

①"梁效"是批林批孔中北京大学、清华大学大批判组的笔名，以"两校"的谐音命名的写作班子，1973年9月4日第一次公开亮相，1976年10月粉碎"四人帮"后，退出历史舞台。

冒转成肾炎，肾炎转成尿毒症。

大概是1985年吧，赵先生有了一个换肾的机会。中文系上上下下都大大地松了一口气。学生们以为，赵先生又能重执教鞭；系里则为减少医药费的支出而宽慰——赵先生的尿毒症得频繁透析，那费用是个大数目。

没想到，那移植的肾，坏死在赵先生腹腔里，不得不再开一刀，把它取出来。我两次去医院，第一次是手术前，赵先生的家人在，病房里弥漫着温馨和希望。我送上蜂王浆，说了几句话就走了。第二次是手术后，病房里只有赵先生和一个护士。赵先生躺在床上，脸色灰黑，袒露的肚皮上有两道一尺多长紫红色的刀疤，上面那道刀疤的后端还张着嘴，那护士正往里面塞纱布。

见我来了，赵先生抬抬手，示意我坐下。我问，干吗往肚子里填纱布？赵先生说，腹腔里面发炎了，有脓血，医生要把里面弄干净，伤口才能缝上。

我看枕边的书和本子，问："您还要写书？"赵先生呆呆地望着天花板，好像没听见我的话。良久才悠悠地说："不写书，还能干什么？人生识字忧患始，姓名粗记可以休！"

我不知道这是苏轼的诗，但从那意思上揣摩，他大概在叹息知识人的命运，在感慨"梁效"往事。我不知道说什么好。

赵先生搓着肚子上脱退的皮，自言自语："在干校，我可是好劳力。当时留在鲤鱼洲，当个农民就好了。唉，脱胎换骨做不到，就只能摘肾换皮了。"

我记不得那天是怎么告别的。只记得几天后，赵先生托周强老师，把那盒蜂王浆的钱给了我。

两年后，我毕业了。从季先生家告别出来，看见不远处的石台上坐着一位老人。我奇怪，人们都穿T恤短裙了，怎么这人还穿着棉背心？我看了他一眼，觉得似乎在哪儿见过。骑车走路，快到博雅塔[①]的时候，啊，心里一声惊叫：赵齐平！——那个老人可能就是赵先生！我掉转车头，一阵猛骑，回到了朗润园楼前。

为了慎重起见，我把车停到了他前面七八米的另一个楼门前，假装修脚蹬子，蹲在车轮后面，端详着那老人。果然是赵先生，两年不见，他竟苍老、憔悴成这个样子。余英时说，"人生识字忧患始"的根源是"放言"，是"不平则鸣"。可赵先生呢？他不曾放言，没有不平，连发牢骚都那么克制。对于许多参加写作班子的人来说，他们忧患的根源，不在识字，而

---

①博雅塔位于北京大学校园中东部、未名湖东南侧。博雅塔原为水塔，建于1924年。水塔的建造经费由当时任教于燕京大学哲学系的美籍教授博晨光的叔父（James Porter）所捐，故命名为"博雅塔"。

在听话出活，在“三忠于、四无限”。

赵先生坐在石台上，双手抱着拐杖，佝偻着腰，失神地望着远处的灰砖墙。原来的满头黑发，已经变成了一堆稀疏的干草。三年，仅仅三年，那英姿勃发的周郎，就成了肉干神枯的待亡之躯。他在想什么呢？想他在干校伐竹种稻，想他的《宋诗臆想》，还想“梁效”带给他的痛？

我注视着他，落日的余晖，透过树叶，洒在他的身上，变成了一个个光斑。微风吹过，那光斑跳动着，忽明忽暗。

## 二、“不要去‘三角地’①”

口试的时候，周强问我想搞哪一段，我惦记着“文革”，可“文革”归党史，跟诗经楚辞诸子散文汉赋唐诗宋词元杂剧明清小说这些都不沾边。我就说，哪段离现在最近，我就搞哪段。周强说，那你就跟季镇淮先生吧。

季镇淮先生出自闻一多门下，是学贯古今的文史大家。我成为季先生的关门弟子是一大错误——我的兴趣在当代，可却

---

①“三角地”本来是北大校园内学生宿舍区和教学区的交界处，位于大讲堂的西南方，燕南园的东侧，由几条道路分割成一块三角形的空地。“文革”期间，这里贴满了大字报。“文革”后，学生经常在这里聚集，讨论一些大家关心的事情，逐渐这里成为北大的一块信息定位地。

要跟他钻故纸堆。我不喜欢文学，可却要研究晚清的诗。我从来不跟季先生交心，心里念叨着“勉从虎穴暂栖身，说破英雄惊煞人”。其实，季先生慈祥得很，北大也自由得很。只是这专业像个紧箍咒，让我没有功夫经营上学前的营生。

三年之中，我跟季先生相安无事。我住在离校半小时的清华东路，除了开学聆听教诲，期末汇报成绩，偶尔给他借借书外，平时他不找我，我也不找他。

一次，我不小心说漏了嘴，说我想研究“文革”。季先生放下手中的放大镜，转过身，他的一只眼睛斜视，看着那边的书架子的某个点的时候，其实就是在看着我。“你？你搞不了。”老先生摇摇头，“那是上边的事，只有像司马迁那样才能搞”。

从此，我们谁也不提这个话题。但我心里不服，难道非得割了生殖器才能搞“文革”史吗？我搞不了上边，可以搞下边，搞不了中央的，可以搞地方的。

1985年9月18日上午，我到学校办事，一路上，所有认识我的人都朝我急吼：“季先生找你呢！”

我不知道出了什么事，骑车直奔朗润园。

气喘吁吁见了季先生，他的第一句话：“你去没去‘三角地’？”

"没去，怎么啦?"

季先生舒了一口气："校党委开会，要导师管住自己的学生，不要去'三角地'，更不要贴标语和大字报!"

我小心地问季先生："您去'三角地'了吗?"

"我不去，你也不要去。"

到了这地步，我还能说什么？只能唯唯诺诺，说一些绝不给导师惹祸，请他老人家一百个放心的甜言蜜语。

季先生放心了，送我到门口。

然而，还没等我下楼，好奇心和逆反心就搞起了革命的大联合，乘着这大联合的东风，我风驰电掣地直奔"三角地"。一路上给自己找了一百八十个堂堂正正的理由：季先生没去，是因为他腿脚不方便，作为他唯一的学生，我有责任替他搞搞调研，亲自尝尝梨子的味道……

"三角地"已经是人山人海。老远就看见一个大花圈，花圈上垂着两条长长的挽联，上面写着"纪念'九一八'""不忘国耻"一类的字。饭厅的灰墙已被大字报贴满，其内容无非是中日今昔对比："四十年前向我们举起白旗的日本人，为什么在四十年后挟着丰田汽车、家用电器涌入中国，成了经济战场上的胜利者？……"我转了两个多小时，结论是，所有的导师都应该来这儿受受教育。

季先生是闻一多的研究生，终其一生，他都念念不忘导师的教诲。他送给我的《闻朱年谱》至今还在我的书架上。我知道，季先生是好心。他从清华的副教授到北大的系主任，见多识广。怕我一时冲动，坏了前程。

回家路上，一联五言诗——“何意百炼钢，化为绕指柔”在脑袋里翻腾——我怎么也想不起来它的出处了。

## 三 “董事长是我哥们儿”

2002年，我在一家影视公司做文学总监，这是个徒有其名的差事，每周只去一两次，看看剧本，见见编剧就走人。一切都是老板说了算，我也乐得省心。

那天，公司要在欧美同学会庆祝老板四十大寿。从副总到文秘，都做出欣喜若狂之状，我转了一圈，觉得无聊，正想走人，听见司机小潘问行政总监：“接北大校长用咱们的宝马行吗?”

我问小潘：“北大校长来干吗?”

“干吗？咱们是北大的三产，北大校长当然要来了。”

看看北大校长如何祝贺亿万富翁的生日，也算是经风雨见世面。我跟着众人上了车。

欧美同学会在南河沿，我妈妈家在北河沿，地方很熟，但没进去过。这回公司能租下它祝寿，是借了人家对外开放的光。进了大门，穿廊过庭，眼前一个带回廊的院子，古柏参天，方砖铺地，几十张藤桌藤椅早在那里侍候。高大的正屋上，明黄色的琉璃瓦耀眼。屋前的平台上，横着一架黑得发亮的三角钢琴，琴前数米处，站着一个包了红绸子的麦克风。

客人们来得差不多了，主持人宣布，祝寿庆典开始。名流大腕纷纷来到麦克风前，或庄或谐，说些捧场的话。然后是红男绿女献歌，钢琴师献艺。就在我不胜其烦的时候，主持人说话了："接下来，请我们最最尊贵的嘉宾——北京大学校长讲话。"

一中年男子，纵身一跃，上了台阶，还没站稳，就向台下频频招手。我赶紧挤到台阶前——北大的校长，我只见过丁石孙。那时我住在清华东路，回家要走北大东门，常看见这位满头白发，骑着自行车的老校长。毕业十五年，北大真是日新月异，连校长都变得这么年轻，这么潇洒，这么活力四射！

那校长站在麦克风前，扶扶眼镜，用略带闽南味的口音开讲："各位女士们先生们，各位朋友们，各位尊敬的来宾，作为北大负责三产的副校长，我要负责任地说，贵司不但为影视业创造了佳绩，而且为北大带来了光荣……"

我俯着身子，尽可能近地打量着这位。他，白净面皮，金丝眼镜，头发乌黑，眼神看不清楚。想必一定透着超级的聪明。我早就听说，北京高层有四个“黄金王老五”，这位大概就是其一吧。

台上的王老五继续演说：“我从未名湖畔来到欧美同学会，一路上在想，我为什么要来？答案很清楚：因为我是董事长的哥们儿，但是我到这里，不仅代表哥们儿，更代表北大。今天，我要以这双重的身份，献给董事长一个小小的礼物。”他向下面挥了挥手，小潘将一个大花篮费力地抱到台阶上。

“请各位猜一猜，这个花篮里装的是什么？”

客人们起身离座，伸长脖子，从四面八方凑向台前。疑惑、好奇、羡慕像摄像镜头似的，齐刷刷地射向那个花篮。副校长面有得色，继续卖关子：“各位，谁能猜出来，这个花篮里装的是什么？”

台下嗡嗡嗡嗡，议论、说笑、插科打诨响成一片。一著名导演，一手摸着锃亮的光头，一手摘下墨镜，朝台上嚷嚷：“这丫挺的怎么尽说废话呀！花篮里装的是什么那还用猜吗！花篮里装的是花呗！”

一位女歌星，晃动着满头金发，跟两边的女伴嘀咕：“北大的校长怎么跟傻B似的！”左边的附和：“啊，我看他到县级台当个娱乐节目的主持还行。”右边的扶着椅背，翘首颙望，没接茬。

副校长看看关子卖得差不多了，从花篮里抽出一个东西来：“各位各位，请看，这就是我送给我们敬爱的董事长的礼物！”他摇晃着手中的那个东西，放大音量：“董事长先生是影视界大亨，身边佳丽如云，这个东西不可不备呀！”

那是什么？人们踮脚伸脖，互相询问。副校长把那东西高高举起，用足丹田之气：“安—全—套！”下面顿时哗然。

在这一片“诗情画意”之中，我走了。

1993年，赵先生病逝。四年后，季先生长辞，又过了几年，壮健的周强留下了“丧事从简”的遗嘱。这位副校长也离开了北大，到另一所大学当正校长去了。

# 我的回扣

## 一

那是2005年国庆节，我在去呼市之前，把告状信的复印件给李秉义寄去。李收到的当天，就给我来了长途，说："来吧，来吧，好久不见了，来玩玩。"

我说："我是去办事的，哪有工夫玩。"

他说："农民的事，闹不机密（清楚），毁林占地是大事，那毁林的，就是一个下了台的村长，为什么就动不了？这里面肯定有文章。你这书呆子，住在京城，球也不知道一条，就跑来帮人家打官司。"

我气了："废话少说，你能不能帮忙吧。说个痛快的！"

——"能能能，只要你别后悔。"

——"我后悔什么，我看你小子当上个破局长，就忘本了！"

——“谁说我忘了本，我早就跟法院打了招呼。”

## 二

火车上没事，我又拿出那封告状信。信后头有五十七个深浅不一的红指头印，旁边写着人名：程豆豆、崔大正、陈青蛇、李渠渠、刘丑儿、郑焕焕……看着人名，我回想他们的模样——程豆豆，放羊娃，厚嘴唇、红脸蛋，戴个狗皮帽子，拿个放羊铲，长年赶着百十只羊。当时只有八九岁，一晃四十好几，当上了村长。崔大正，村里的知识分子。一双小而亮的眼睛，眼珠深黄，连鬓胡子一直长到了眼眶，但他爱干净，天天刮胡子，脸老是发青，鼻子高且直，嘴小唇薄，下嘴唇一说话就一抽一抽的。他那时比我们知青大十岁，现在也该六十开外了。

大正原来是内蒙古钢厂的团委书记，1960年厂子下马，他带头回乡。他出身地主，回来后就受压，知青来了，他有了说话的。这回正是他给我寄的告状信，给我打的长途，要我找央视焦点访谈——在这些外地人眼里，焦点访谈就是最高权威，而北京人找这个权威办事，就像到超市买东西一样。

这种误解来自于城乡差别。

阎连科说，在农民眼里，知青来自于另一个世界，村里把知青当祖先似的供着。因为知青不但能给农民带来急需的票证，还能给队里弄来短缺产品。而知青们呢，则把蜻蜓点水式的下乡当成人生的重大苦难，当成忆苦思甜的资本，把农民的愚昧，当成日后的谈资。在主流逻辑里，农民脸朝黄土背朝天，几辈子苦受是该着，是天经地义。

现在大正找我，也是出于同样的心理，他们把城里人当成高于他们的品类，不过现在他们需要的不是票证，而是焦点访谈。人家说：出了事，美国人找律师，中国人找熟人。李秉义说他找了两院，肯定也是找他的哥们儿。

## 三

区法院的院长在他的办公室的床上接见我。一见李局和我进门，他从床上坐起。

李秉义开门见山："这是我的老朋友，北京来的教授，来帮土左的老乡打官司。"

院长伸出左手跟我握手——他的右手正在打吊瓶。

"院长咋个病哈了？"我模仿内蒙古人的腔调问。

"算不了啥大病。打打吊瓶，降降血脂了哇。"

我看着他的红脸膛，将军肚，不知道说什么好。

李秉义给我解围："他两年前刚调上来，了解下边的情况。”

院长盘腿坐在床上：“上访信我看了，按下那么多手印，民愤大咧，这种“灰哥抛”（坏蛋），可得好好整搓整搓。”

最后商定，明天是国庆节，院长带上法院的人回察齐，让我喊上村里的人也到察齐。院长要问问察齐的公安、司法，这件事是咋闹的。

## 四

一出法院的门，我就赶紧给豆豆打电话，告诉他国庆那天的上午十点到察齐宾馆大堂见面。并把院长的话学了一遍。李秉义虽然不高兴，还是挺帮忙——借车，找人。两辆车借下了，一辆公安的，一辆审计的。明天一早出发，十点前到察齐。

事办完了，人也饿了。拉着李秉义去吃莜面窝窝。正吃得香，手机响了，是豆豆。

“大哥，我们求求你，明天别来了。”

我吓了一跳：“为什么？出了什么事？”

“旗里早先下过文，不准干部带头闹事。”

“你是为了保护环境，怎么是闹事呢？”

“大哥，人家说告状就是闹事。你带的人一来，我的罪名就定哈了。”

“这样吧，你派个能把事情说清楚的人到察齐。你不出面，行不?”

“不了不了，我们再也不敢了。求你别让他们来!”那边已经成了哭腔。

“让大正跟我说话!”

大正说话了，还是那尖细的嗓子：“老弟呀，你的好心，我们领了。你是青天大老爷，可强龙压不住地头蛇。你这么一闹，市里、旗里、乡里都知道了，豆豆就待不住了。好不容易盼来一个好干部。你不知道官官相护呀。你做做好事，我求你了，全村求你了!”

我气得三尸神暴跳，七窍生烟：“你们找焦点访谈就不闹事了吗?就不官官相护了?”

大正：“焦点访谈是人家来访，不是我们告状呀。”

“岂有此理!你不写告状信，人家焦点访谈怎么知道?”

“那，那，那焦点访谈不会让豆豆到察齐对质的呀!”

“我大老远跑来了，找局长，求院长，事马上就解决了，你们倒往回缩了!我怎么跟人家解释!”

“对不起你呀，等我们去呼市，当面负荆请罪。”

“我不等了，明天就回北京!”

“唉呀呀，咱们多年没见，你就不能再待一半天，让我们看看你?”

莜面窝窝顿时味如嚼蜡，我越想越气，明明是他们找我帮忙，帮了一气，我倒成了害人精！他妈的，农民的事真是闹不机密。

李秉义火上加油：“我不是跟你说了吗？村里的事你格捣（弄）不清。”

## 五

第二天上午，豆豆、大正冒着雨来了。大正已经成了一个又干又瘦的老头儿，后脑勺上还长了一个大肉包。豆豆，我根本看不出来了。当年红脸蛋的放羊娃，竟然成了一个满脸风霜，头发灰白的中年汉子。

豆豆毕竟是一村之长，有条有理地叙说着事情的经过：前任村长毁了二百亩的林子，把地包给了他的儿子。公安来了，地退给了村里，把他抬（抓）到旗里，说是关了大狱。可人们发现他在呼市逛大街呢。村里要把这二百亩地分给别人，他儿子站在当街骂：“谁敢占地，爷砍了他的球！”他们告状，就是要压压这个“灰哥抛”的气焰。可没想到我神通广大，把法院院长请到旗里现场办公。他们怕了。

话题转到致富上。豆豆说，村里除了种地没别的可干。种地又没水，原来我们知青在时的机井都废了——机器被偷了，电线被割了。他想打两口机井，没钱。去年认识了市财政的一个科长，科长给村里贷了二万元。这才打上一口井。可井有了，没变压器，没电线。再去找那科长贷款，科长不管了。

他们问我，认识不认识财政局局长。说这个局长跟我一样，也是北京知青，不过人家没回北京，留在了呼市，近年当上了局长。是个女的。

我告诉他们，这人我不认识，那时候，男生与女生不说话。

他们很失望。

李局冲豆豆发话了：“我问你，人家凭啥给你贷款？”

豆豆：“我的老婆与科长的老婆是同学。”

李局：“同学的面子，只管一回。你们还想贷，就得给人家好处。人家白给你贷呀？”

豆豆张了张嘴，想说什么。

我为李秉义的话做注解：“李局长的意思是，你得给人家回扣。为下次贷款做铺垫。”

李秉义怕他们不明白：“回扣就是好处费，要不人家下次还给你贷款吗？看来你是舍不得——好不容易贷点钱，打井还不够，哪有钱给回扣。对不对？”

豆豆看看大正，大正看看豆豆。两人都不说话。

李秉义：“舍不得不行，不给钱，怎么也得有点别的表示。搞现代化，就得有现代意识。再说了，人处的是感情，你拿了钱一蹦子跑回去，头也不回，只顾上打井。下回谁还管你？把村里的好东西给他送上。”

豆豆：“村里有啥好东西，都是土里刨出来的。”

“土里刨出来的也不怕，山药下来了，给他送上。莜面下来了，给他送上。村里的大姑娘小媳妇给他派上，给他家做饭看孩子打扫卫生，白天夜里跟他念叨电线变压器，看他能忘了！”

豆豆唯唯。

## 六

到了中午，我带他们下楼吃饭。李秉义跟我们一块下楼，去赶别的饭局。

看着李秉义上了车，大正才跟我说：“那两万元贷款，豆豆当时就拿出两千留给了人家。”

我大惊，看着豆豆。

豆豆：“现代意识咱们有。再说了，不给人家，咱们也意不过（不好意思）。”

“那，那，那科长为什么不给村里二次贷款?”

“人家嫌少吧?”

等饭菜的时候，我拿出两条中华烟，递给豆豆，“这是从北京带来的，算是我支援村里的公关事业吧。”

豆豆略作推辞，收下了。奇怪的是，他马上打开包装，拿出两包烟递给我。

我说你这是干什么。

大正劝：“收哈吧，要不他意不过。”

# 艺术的姿态："屈膝""俯仰"与"站立"

## 一

搞艺术的人没有几个不是奔着艺术家去的，嘴上说的是混口饭吃，心里却惦记着在七老八十的时候，由什么权威部门给他们封上一个"人民艺术家"的称号，家里挂上著名书法家题写的"德艺双馨"的条幅，并且在朱军主持的"艺术人生"中当一回嘉宾，在一大群老少"纷丝"的痴迷的掌声和敬仰的眼神里，歆享一把崇拜者奉献的香火。

想当艺术家是好事，问题是，艺术——我指的是经得住时间考验的艺术——只能生长在适宜的土地上。我们村北面有很大一片盐碱地，几位知青发誓要在上面种出庄稼，各种良种都弄来了，起早贪黑忙了两年，无论种下的是小麦还是玉米，长出来的都是碱蒿和羊草。后来看当地的县志，才知道，早在"人有多大胆，地有多高产"的年代，一位省科院的农业专家就有过更高明、更大胆的壮举——把棉花与西河柳嫁接起来。当年的报纸介绍说，西河柳最适宜在盐碱地上生长，如果嫁接成功，那树上就会结出硕大的棉桃，其树叶可以入药，树枝可以编筐。这个成果一旦推广开来，盐碱地即将成为宝贵的资源……其字里行间大有痛恨中国的盐碱地不够多的意思。

丹纳认为，一切可以称之为艺术的东西，都是思想感情、道德宗教、政治法律、风俗人情的产物。[①]试图跟上时代的傅雷批评他“忽略或是不够强调最基本的一面——经济生活”[②]。傅雷是最讨厌庸俗的，而他的时代最擅长的就是把一切都庸俗化。艺术与经济的关系曲折、微妙而且幽远。所以马克思才谆谆告诫人们：精神发展与物质发展是不平衡的。也就是说，经济繁荣并不意味着艺术的昌盛。美元储备、GDP、小康社会可以制造出亿万富翁，却未必能培养出来伟大的艺术。就像盐碱地里长不出庄稼一样，思想一元也不会产生真正的艺术家。“人民艺术家”固然可敬，可是在大多数时候，干的却是宣传员的活计。在历史的镜子里，“德艺双馨”会呈现出不同的模样，如果脑袋挂在权势的腰带上，那么其“德”恐怕会从香花变成毒草。麦克卢汉有句名言：“媒介是人体感官的延伸。”

①〔法〕丹纳：《艺术哲学》，人民文学出版社，1983年版。

②《艺术哲学》译者序。

"艺术人生"是什么器官的延伸呢？想来想去，非盲肠莫属。当然，盲肠的延伸，从根本上说，也是精神与物质发展不平衡的结果。它以太平盛世为宏大背景，将嘉宾的虚荣心做成堂皇的门面，把人们的好奇心和窥私癖变成赚取收视率的法宝，在千篇一律的煽情与人工制造的惊喜交相辉映，廉价的眼泪和空洞的掌声竞长争高之时，朱先生把这个节目的关键词化为虚无。

## 二

按照普列汉诺夫的说法，劳动先于艺术，艺术源于游戏。[①] 但是，请注意，这里的游戏是自由的游戏，这里的劳动是自由的劳动，它不是忠字舞和语录歌，不是样板戏和献礼工程，不是修长城建金字塔，也不是戴着金箍护送主子去西天取经。因此，可以说，自由是艺术的保障——心灵的开放、精神的舒展、思想纵横驰骋，想象力不受拘束——才有伟大的艺术。正是看到了这一点，康德和席勒才把艺术的本质定义为"自由的游戏"。似乎可以由此引出一个结论：艺术品的优劣与自由的程度成正比，自由越多，质量越优，自由越少，质量越差。

①〔俄〕普列汉诺夫，曹葆华译：《论艺术》（没有地址的信），三联书店，1964年版。

有一个小故事：一左眼瞎、右腿瘸的国王，要画家为他画一张真实的肖像。在无数这样做的画家掉了脑袋之后，终于有一位既保住了性命又博得了国王的欢心——在他的画笔下，这位国王成了一位英武的猎手，他身体挺拔，左腿笔直，立于草野之中；右腿弯曲，右脚平踏在岩石之上，双手举着猎枪，正闭着左眼瞄准远处的猎物。必须承认，这位画家聪明过人。但是也必须承认，他在用画笔掩饰了国王生理缺陷的时候，也掩盖了艺术的真实。

新旧中国之交，百废待兴，思想多元，于是有了《武训传》《我们夫妇之间》等一批好电影，有了赵丹表演艺术的高峰——他把一个行乞兴学的武豆沫演得出神入化。然而，没过多久，赵丹就从一个天才的表演艺术家变成了一个为政治服务的工具。“我怎么会走上公式化、概念化的路上来呢？……影片《武训传》受到全国性的大批判后，我在思想上逐步形成了几个概念。一，‘艺术必须为政治服务’。因此艺术本身就没有其他职能，艺术即政治。二，只能歌颂无产阶级的英雄人物，不能歌颂其他阶级的人物，对其他阶级的人物只能是批判性的；而无产阶级的英雄人物，则必定是具有崇高思想境界，高尚的道德品质，不具有缺点与错误。如果稍微写一点缺点错误，就犯了立场、倾向性的原则错误。三，‘各种思想无不打上阶级的烙印'。因此一招一式、一举一动、一颦一蹙，都有阶级的内容。因之一切人物的内部素质与外部形体都只应该是壁垒分明的表演，否则就混淆了阶级的界线啦……”[1]这是赵丹晚年的反省。

那么，是不是没有自由就没有艺术了呢？不，没有自由一样有艺术，甚至有更繁荣的艺术——暴君要用它满足私欲，专制要用它点缀升平，戈培尔要用它鼓舞士气，日丹诺夫要用它表明政绩。艺术有久暂，有传世的经典，有一时的娱乐，有短命的献礼，时间就是裁判。盐碱地上虽然长不出庄稼，但总不乏碱蒿、羊草和西河柳。

## 三

按阶级标准划分，中国是“两个阶级一个阶层”，按所占资源多少来划分，就只剩下十大阶层没了阶级，而原来那两个革命阶级则被排到第八和第九，同为占有文化资源的知识阶层，从昔日的“臭老九”一跃排名第四，成了让人羡慕的专家学者、白领金领。由此可见，同样的东西，只需将划分标准变那么一变，就会呈现出完全不同的模样。

按表现形式，我们可以将艺术分为音乐、舞蹈、绘画、文

---

①《地狱之门》，《戏剧艺术论丛》（第二辑），1980年4月版，第60页。

学、戏剧、电影等等。假如换上另一种标准——把艺术家对待权、钱的心电图，外化为身体的姿态，我们就会惊异地发现，屈膝、俯仰、站立足以概括所有的艺术。

屈膝，可以是跪倒尘埃，匍匐不起；可以是两股战战，低头哈腰。不管是哪一种，其心思都是一样——如何讨主子欢喜。天下的主子都爱听奉承话，都爱看到自己的伟大形象，贤明如唐太宗者也免不了想杀掉直谏的魏征，无常如唐明皇者竟会让口蜜腹剑的李林甫连任十六年宰相。所以，迎合上意就成了这种艺术的永恒主题。

明世宗崇佞道教，整天想着得道成仙，举行尊天大典的斋醮仪式就成了嘉靖时代的日常功课。斋醮首先就是向天帝奉上一篇文辞华丽、态度诚恳的表章。世宗向天帝邀宠，却把任务交给大臣，大臣们向皇帝邀宠，争献这种被称为“青词”的赋体骈文。严嵩因此官至太子太保，与其同榜的状元顾鼎臣由此而入内阁，夏言、袁炜、李春芳先后拜相，成为著名的“青词宰相”。

希特勒要吞并欧洲，就有了维尔纳·博伊梅尔堡、埃德温德温格尔等一批歌颂侵略战争的作家。希特勒要争夺生存空间，就有了《没有空间的人民》（汉斯·格林）、《托马汉斯兄弟们》（威廉·普莱尔）等一堆鼓吹领土扩张的小说。希特勒要篡改历史，最早发现美洲的哥伦布就换成了德国走私贩子皮宁，提出“太阳中心说”的哥白尼就从波兰人变成了德国佬。写作《神曲》的但丁也长成了日耳曼人的模样。希特勒相信“丛林哲学”，凶狠、残忍、好斗的苍鹰、秃鹫、雄狮、公牛就从纳粹画家的笔下汩汩涌出。希特勒要用石头体现德意志精神，花岗岩和大理石造就的“褐色大厦”遂拔地而起。[①]“我们肩负着造型艺术和音乐艺术的使命，自知任重而道远；自知完成我们的文化为国为民任务之艰巨；我们深深为春天的到来而激动：全体德国人民同心协力团结在元首周围。”这是受宠的艺术家们给元首的效忠信。[②]

艺术家一旦效忠起来，那艺术的双膝就免不了沾上污泥。因此，无论商家怎样爆炒，样板戏让人记得的也还是那几段唱腔。无论史家怎样美化，十七年的文艺也时时要露出连接“新纪元”的脐带。劝进诗古已有之，“高大全”“三突出”绝非天降，于会泳、刘庆棠、浩亮、梁效、初澜、罗思鼎、唐晓文……不管是实名的艺术家，还是化名的学者教授都“长在红旗下”。

---

①刘国柱：《希特勒与知识分子》，时事出版社，2000年11月版。

②赵鑫珊：《希特勒与艺术：德国艺术史上最可耻的一章》，百花文艺出版社，1996年版，第83页。

## 四

俯仰，不是“仰观宇宙之大，俯察万物之盛”，而是“与世浮沉，与时俯仰”。这种姿态对身体头脑和神经系统都提出了很高的要求。如果说，屈膝只需要奴才的智商，腿和腰的协调；那么，俯仰则需要灵活的颈椎、柔韧的脊柱，发达的头脑，阿Q的情怀，以及眼观六路、耳听八方的机敏。“俯”自然免不了摧眉折腰，与奴婢相类，但是“仰”却足以补苴罅漏，修复形象。

鲁迅说，天下没有一堵骑上去稳当，又能两脚着地的墙。天下所无，人心常有。这人心来自恐惧，来自趋利避害的人性。阿伦特说，极权之下没有道德清白之人。这话有点绝对，但如果说，极权之下多是俯仰的艺术和俯仰的艺术家，恐怕是不错的。以国人熟悉的苏联电影为例，《难忘的1919》把斯大林打扮成革命英雄，刻画了“他站在装甲车的踏板上，差点要用马刀刺死敌人的形象”，更有甚者，影片还将他描写成英明正确的化身，“随时随地提示着列宁应该怎么做和做什么”，[①] 自然，它成了斯大林的最爱，这部影片也因此获得国家功勋

①〔苏〕尼基塔·谢·赫鲁晓夫：《关于个人崇拜及其后果》，《赫鲁晓夫回忆录》，社会科学文献出版社，2005年版，第409页。

奖。在德国侵略苏联的时候，斯大林先是麻痹轻敌，把丘吉尔的警告和前线的情报当作耳旁风。当德国大军大举进攻之时，又惊慌失措，六神无主。等到他仓皇应战的时候，又刚愎自用，屡犯错误，仅哈尔科夫包围战一役就送掉了几十万名苏军将士的性命。而战后拍摄的《攻克柏林》则把斯大林描写成一个镇定自若，用兵如神的伟大军事统帅。十几年后赫鲁晓夫告诉人们："斯大林根本不了解各个方面军面临的现实情况，这是很自然的，因为整个卫国战争期间，他从未到过一个方面军的地段，也未到过一个收复的城市，只是在前线局势平静时对莫扎伊斯克公路进行过一次闪电般的出巡，以这次出巡为题材，曾写出了多少篇夹杂着种处虚构的文学作品，又绘出了多少幅色彩斑斓的油画啊。"[1]

苏联解体前后，在勃列日涅夫时代吃香的、喝辣的艺术家们急忙另寻主子，办法之一就是痛斥旧政权，把自己打扮成苏维埃制度的受难者，其中最典型的一位是叶夫图申科。这位靠写作《请把我当作共产党员吧！》一类的诗获得了政府勋章和国家奖金的著名诗人，在媒体上呼天抢地，控诉苏共对他的无

①〔苏〕尼基塔·谢·赫鲁晓夫：《关于个崇拜及其后果》，《赫鲁晓夫回忆录》，社会科学文献出版社，2005年版，第395页。

情压迫。叶利钦投桃报李——叶夫图申科“得到了滨河街上的住宅和郊外的别墅，银行里的存款”[①]。

仰，有时是精湛的艺术，有时是爱国的热情，有时是莫谈国事的超脱，更多的时候则是有奶便是娘。以“奶”为底线，就免不了当一当奴才。《鬼子来了》里面的有个街头“艺术家”，日本人得势时，他在街上眉飞色舞地说评书：“众位安静请压言，咱不论古说今天。皇军来到咱家乡地，共建大东亚共荣圈。皇军来了救苦救难，咱应该大开门户如迎亲人一般。八百年前咱是一家，使的一样方块字，咸菜酱汤一个味儿。有道是：打是喜欢骂是爱，‘八格牙路’我不见怪，往后哇，‘米西米西’皇军他给，皇军和咱亲密无间，乡亲们往后不用受穷苦，‘约西约西’，‘大大的约西’笑开颜。”日本鬼子刚一投降，他马上有了新词：“硝烟散去万民欢，中国人抗战整八年……打得小日本撅着屁股尥着蹶子地跑，他们跪在了国军的面前举着个双手，哆里哆嗦缴械投降浑身打战，嘴里头说：‘我的八格牙路干活！你的三宾的给！’这就是小日本侵华可耻的下场，我们迎来了和平胜利的这一天，看今朝山河光复多灿烂……”

① 张捷：《俄罗斯作家的昨天和今天》，中国文联出版社，2000年版，第60页。

《法门寺》中的贾桂虽然站着，其实时刻准备跪下。所以没跪下，是因为主子最近想起了人权的缘故。艺术分等级，有钦定的样板，有精英的好恶，有民间的口碑，公道自在人心。俯仰不是站立，俯仰的艺术是骑墙的艺术，犬儒的艺术，投机的艺术，随波逐流的艺术。它们不能长久，尽管俯仰艺术家说，识时务者为俊杰，大丈夫能屈能伸。

## 五

站立的艺术，人人都懂，知易行难。站立，是人与猿的区别，是人类进化的终点。如果说，“屈膝先生”用大肠代替大脑，“俯仰君”靠脊椎指挥行动。那么，“站立者”则以颈上之物决定行藏取舍，其作品多真实，尚批判。因其真实，故而久远；因其批判，故而深厚。

为作品出生，“站立者”也须俯仰——向权力妥协，与孔方周旋，或令真实褪色，或请有司宽松，虚情假意，言不由衷。他深知，权力随时可以翻脸，把他和他的艺术打入死牢。他明白，没有财神的滋养，艺术就会枯萎，以致胎死腹中。但是他有一个不变的宗旨：说真话，说不成真话时不说假话；非说假话不可的时候，蓄须养志，如梅兰芳。因为抱定这个宗旨，站出来的作品，总是难得问世。委屈辛苦一场，名位财色统统泡汤。古今中外，肯用这“四大皆空”来换取此类作品者，少之又少。

由此可知，一部艺术史是一个两头小、中间大的枣核，“站立者”与“屈膝先生”各守那尖尖的上下两端，圆滚丰满的中间部分则由大大小小的“俯仰君”占据填充。同属“屈膝先生”，古今不同。古人愚拙，老老实实承认自己就是奴才；自己的艺术是“奴婢的艺术”。今人聪明，当了奴才却以主人自居，且引经据典，证明奴才的艺术就是主流，就是主旋律。“俯仰君”对此不肯苟同，仗着人多势众，给奴才以冷面，给大众以媚眼，向主子争正统，向缪斯发声明：俯仰是艺术的最高哲学，从三皇五帝到于今，艺术就在俯仰中求生。因此，没有俯仰就没有艺术；俯仰艺术才是真正的主旋律；俯仰艺术家才是艺术史上的中流砥柱。一味屈膝下跪，迎合上意，是封建主义，是习惯势力，既有损于形象，又不利于双百。只图挺胸昂首，身心舒畅，是个人主义，是崇洋媚外，既有违于现实，又不利于和谐……出于团结大多数，打击一小撮的考虑，主子允其请，于是，奴才听命，大众附和，站立者愈寡，俯仰艺术大盛。

# “义”中的正邪

中国人非常重视“义”，谁要是在别人眼里成了不义之人，那么他就等于被开除了人籍，与禽兽无异。古人讲义，今人也讲义；圣人讲义，百姓也讲义；守法良民讲义，法外强徒也讲义。孔曰成仁，孟曰取义，义利之辨，其理深且微矣。在百姓眼里，义就是情，是忠。《三国演义》以结义开篇，《水浒传》以聚义为本。刘备拒领荆州牧，怕天下将他视为不义之人。宋江受众好汉拥戴，因为他最仗义。上海的青红帮、湖南的哥佬会以义为帮规第一要义，为帮会利益而死，就死得其所，即使不被封为烈士，也是同道中的英雄，死后家眷会得一大笔抚恤金。能够自裁而保护同伙的，就是义贯长虹的好汉，其妻子儿女将终身享受赡养费。

今天的青少年仍旧崇尚哥们义气，只要是哥们，就去撑腰打气；而今的个体户也保留着“三言两拍”中的古风，崇尚义气，为的是在无序之中，维护自身利益。报载，台港的“竹联帮”“天道盟”“和胜和”等黑社会组织已经渗透到东南沿海一带，大陆的黑社会也死灰复燃。[①]黑社会也是很崇尚义的，谁不够义气，就等于犯了法。开《三国演义》电视剧研讨会的学者们，在会场上声讨义的小农意识，可在酒酣耳热的饭桌上，也不得不与举杯倡议的东道主来个三结义、五结义的。许昌市的文艺工作者将“桃园三结义”编成了节目，让孩子们上台扮演。《水浒传》播出后，地方会有哪些举措，民间会如何模仿，我们不得而知，想来也不外乎聚啸山林，过一过绿林好汉的瘾吧？

古典文学作品，尤其是英雄传奇、武侠小说和历史演义中充满关于义的描写，结义、聚义、义气、义士、仗义疏财、见义勇为等等，触目皆是。把《三国演义》《水浒传》和《东周列国》这些名著和准名著搬上屏幕有很多难题，难题之一就是如何对付其中与义有关的人物和故事。新中国成立以来，专家们对这个“义”讨论不休，绝大部分人对它持肯定态度；偶尔也有反对者，批评它小农、小生产、小私有者，表现了狭隘的帮派思想，但是考虑到阶级斗争、工农联盟、领导意图、政治气候等等外在因素，临末了也还要找补上一堆好话。迄今为

①李谷馨：《中国扫荡黑社会》，《中国乡镇企业报》1995年3月4日。

止，在学术界占多数据优势且比较一致的看法仍然是：“义”表现了下层劳动人民团结互助，反抗压迫的精神，但也有被封建统治者利用的一面。在第二届《三国演义》学术讨论会上，更有人提出：“‘义’的最积极的意义在于，它更重视居于下位者自身联合起来的力量。那种把结义看成是狭隘帮派的观点是不正确的。‘义’，不仅要人们不做利已妨人之事，还要发扬人们在患难中互相救援的精神。”①本文不想给这些说法下结论，只想联系《三国演义》《水浒传》对“义”略加分析。如果这种分析还能成立，那么，结论自在其中，改编时如何对待它，也算有个参照。

“义”，是个滑溜溜的字，要想把握它，得从语义学和伦理学上着手。

先说语义，“义”的解释和用法很多，《康熙字典》列了六种，《辞源》开出八种，《中文大词典》达三十一种之多。古典小说中比较常用的意思有情意、恩谊、施予、不取报酬，正、宜、善和外、假、可替代等。值得注意的是后两种意思。

正、宜、善，是人们见到带义的词时，最容易联想到的意思。“义师”“义战”。都是“仗正道”的意思，“义士”

---

①《全国第二届〈三国演义〉学术讨论会观点综述》，《新华文摘》1984年第4期。

“义侠”“义妇”都是“志行过人”的意思；“义犬”“义虎”都是“贤良的意思。至于“道义”“信义”“仁义”中的义字更是正、善得不容怀疑。

外、假、可替代，这类意思虽然与正、宜、善近于相反，但是很容易与后者混淆。洪迈在《容斋随笔·人物以物为名》中说：“自外入而非正者曰义，义父、义儿、义兄弟、义服之类是也。”这种用法古时候很普遍，例如，古代人把人工安装的附加在身体之外的部分叫义手、义足、义髻，即假手、假脚、假髻，也就是我们今天所说的假肢、假发。把衣服器皿上的附加部分，叫义襟、义袖、义嘴，即假襟、假袖、假嘴。元明时代的人对这种用法是很明晰的，所以寇封改了姓，做了刘备的义子，罗贯中还是要让曹操骂他是刘皇叔的“假子”。《新唐书·五行志一》中说：“杨贵妃常以假髻为首饰，而好服黄裙……时人为之语曰‘义髻抛河里，黄裙逐水流’。”可见唐人也知道，义在这里做假讲。这种用法并非自唐代始，早在秦代，人们就这样用了。《史记·项羽本纪》中说，秦亡，项羽尊怀帝为义帝，徙于长沙郴县，第二年又命英布击杀义帝于郴江中。项羽所尊的义帝并不是正义之主，他立的就是一个随时可以替代的假皇帝。

义所以具有正、宜、善与外、假等这两种近乎相反的意思，是古字通假造成的。外、假、可替代的意思来自于“俄”，“俄”与“义”在古时候通假。《说文》把“义”看作会意字，解之为“己之威仪也，从我羊”。段注：“威仪出于己，故从我。”王念孙拨云见日：“义中之我所示者声，非意。”也就是说，古时候，义的发音是组成它的下半部分的我，而“俄”中之“我”所示者也是声。这两个字因发音相近，故通假。它们互相借用的结果就使表示外、假、替代的俄的意思混进了义之中。义中就有了俄，正中就有了不正。

上述两种用法繁多而灵活，不认真分析，就要上当受骗，把不正当作正，把同道间的施予与正义无私的帮助相混淆。台湾学者孙述宇对此做过专门的研究，他指出，《水浒传》中的“义”常在“正”和“善”的招牌下贩卖不正的货色。[1]最明显的例子就是结义。结义结的是异性兄弟，是没有血缘关系的假兄弟。因此他们要宰黑牛白马，歃血为盟，将大家的血混在一起以表示从此就成了一奶同胞的手兄，彼此血肉相连，声息相通，生死与共。赵云与赵范结义后，赵范要把守寡的嫂子嫁给赵云，赵云大怒，厉声曰：“吾既与汝结为兄弟，汝嫂即吾嫂，岂可作此乱人伦之事乎！”（《三国演义》第五十二回）这

①孙述宇：《江湖上的义气》，《水浒传的来历、心态与艺术》，时报文化出版社，1983年版。

是将结义兄弟与血缘挂钩的一个例证。这类例子在《三国演义》和《水浒传》很多。

桃园结义是《三国演义》的首篇，也是全书的思想基础。请看结义时三人焚香而拜的誓言："念刘备、关羽、张飞，虽然异姓，既结为兄弟，则同心协力，救困扶危；上报国家，下安黎庶；不求同年同月同日生，只愿同年同月同日死。皇天后土，实鉴此心，背义忘恩，天人共戮。""上报国家，下安黎庶。"正气凛然，令人钦敬。但是"背义忘恩"中的"义"中并没有这种凛然正气。其中更多的是情，是彼此间的忠诚，忠诚到生死与共的地步固然让人感动，但是这里面也包含着同道间为了哥们义气而不问是非，不顾大局的狭隘、盲目的东西，也就是说，其中夹杂着某些不正。

"七星聚义"是《水浒传》中的重要篇目，也是好汉们创建梁山大业的第一次"壮举"。那天晁盖与吴用商议，找几个人来智夺"生辰纲"。吴用说："我寻思起来，有三个人义胆包天，武艺出众，敢赴汤蹈火，同生共死。"这里的"义胆"绝不可理解为"正义的胆量"，它的意思是"做危险的犯法勾当的胆量"。后来，吴用动员阮氏三雄入伙时说的话，为这个"义"作了注解："取此一套不义之财，图大家一世快活。""生辰纲"固然是不义之财，但是好汉们取来只为自己快活也离正义很远。

再说伦理。义和利是连体胎儿，因此，作为伦理问题之一，“义利之辨”就成了中国哲学史上争论不休的题目。“义”指思想行为符合一定的标准，“利”指的是利益或功利。先秦哲学或主张义利统一，如《易经》《墨经》；或主张义利对立，如孔子、孟子；或主张舍义取利，如法家的韩非。董仲舒则主张：“正其谊（义）不谋其利，明其道不计其功。”宋理学家程颐则认为：“大凡出义用入利，出利则入义。”反理学的颜元则要求义利并重：“正其谊（义）以谋其利，谋其道以计其功。”不管是什么主张，道德（义）与利益（利），总是难分难舍。古典名著中的义当然不能例外。它要么与社会利益、民族利益、民众利益连在一起，要么与一家一姓或集团的利益密切相关，与前者相关的义就是社会道德，与后者相连的义则是集团道德。一切历史都是当代史，一切古典文学都具有当代性。我们改编名著当然要站在今人的立场上，弘扬前者，贬抑后者。

作为一种社会道德，义具有超越性、永恒性和普遍性。它超越时空、国界、种族、阶级或阶层；延绵万古而不移，放之四海而皆准，是全人类的共同财富。在作品中大体表现在三个层面上，一是维护正义，崇尚人道，扶助弱者，富于同情心。

二是有操守、有气节。三是讲信誉，重感情，忠于友谊。这三个层面相互渗透，相互支持。

作为一种集团道德，义则往往与朝廷的正朔或集团的利益密切相关。忠于正统的行为就是义，否则就是不义。符合集团利益的就是义，反之则不义。它具有时代性、阶层性、偏狭性、盲目性甚至非人性、反人道等特征。在《三国演义》和《水浒传》里，这种义表现在两个方面，一是王权的正统代表，如汉室、蜀国和宋室，二是被作者肯定的社会集团，如刘氏集团和梁山集团。

集团道德中的义，其最丰厚的土壤是社会下层，最适宜的时空是乱世。什么人最崇尚结义呢？是绿林豪杰、江湖亡命、法外强徒、军弁武夫、流氓无产者，总之是那些处在下层的不安分的分子。义气在什么时候最盛行呢？是王朝更迭期、异族统治期、军阀混战期，总之是在社会动荡、政治腐败的时代这种东西最盛行。这些人，这种时代使集团道德中的"义"无法保持清白，流氓无产者、小生产者的阶级（阶层）性，封建社会的时代性无可避免地污染它。

这种污染在《水浒传》的结义、聚义、义气和仗义疏财上表现得最为显著。

梁山好汉相识后，最常见的举动是结义，结义之人走到一起就是聚义。这里的结义和聚义绝非在正义基础上的结合或相聚，而是结成异姓兄弟，互相撑腰打气。聚在一起做事，“团结就是力量”。上面提到的“七星聚义”就是好例子，梁山人有两种面孔，一是英雄好汉．二是法外强徒。作为英雄好汉，他们可以不畏强暴，见义勇为。例如，鲁智深三拳打死镇关西，救金翠莲父女逃脱虎口；在野猪林救下林冲性命，并一直将他护送到沧州。杨雄被一伙无赖围殴时，石秀挺身而出，帮助杨雄打退无赖。这些做法都是义举。这时的鲁、杨都可称为义士。

作为法外强徒，他们常常滥杀无辜，抢劫财物。梁山人不以滥杀为恶，不以劫财为耻。谚云：“老不看《三国演义》，少不看《水浒传》。”金圣叹认为“《水浒传》诲盗，《西厢》诲淫”。就《水浒传》而言，不是没有道理。所谓诲盗，并不仅仅是好勇斗狠，更要命的是杀人越货。这是水浒好汉的标志和必备的品格。他们对死在自己手下的人是良善之辈还是贪恶之徒并不十分计较。李逵劫法场，抡起板斧，排头砍去，倒在他斧下的有几个恶人？武松血溅鸳鸯楼，一口气杀了十九人，其中马夫一人，丫鬟二人，仆人二人，奶娘二人，小孩三人，无辜受害者达十人之多。好汉们攻陷大名府后，不但梁中书、王太守两家老小仆役全部处死，死伤在好汉刀下的城中良民亦达五千余众。孙二娘的“人肉作坊”在选择来往客商做包子时，唯一的标准是看其肥瘠。武松就是因为长得健硕，差点儿被做成肉馅。滥杀之外，是抢劫财物，鲁智深在桃花山因不满两位寨主，将山上的金银酒器席卷而去。好汉们攻下祝家庄、高唐州之后，也要大大洗劫一番。这些财物的下落和用场在小说中很少交代，虽然救济穷人的事也有，但是更多的则是与同道共享——大碗筛酒，大块吃肉，大斗分金银。

总之，结义、聚义是为了同道间的团结互助，共做危险勾当。这里面有对抗官府的一面，也存在着严重的反人道。他们的杀人越货，与人们常以为的劫富济贫是两码事，既谈不上侠义，也谈不上仗义。它与上面说的社会道德的三个层面都不挨边。

结义、聚义有个前提——彼此都是讲义气的好汉。梁山人所讲的义气，是同道间的互相忠诚，绝非正义之义。从语源学上讲，这个义源自于情、恩，是情谊和恩谊的延伸。人与人之间有了感情，有了恩惠，就有了忠诚。忠、孝、节、义是古人的道德信条，它们表示的是四种人之间的忠诚。忠是臣对君主，孝是子对父母，节是妻对丈夫，义是朋友对朋友。前三种是下对上的忠，等级森严；后一种是同辈间的忠，没有等级界限。因此，批判封建伦常礼教最烈的谭嗣同，也认为“五伦中于人生最无弊而有益，无纤毫之苦，有淡水之乐，其惟朋友乎!”（《仁学》）遗憾的是，梁山泊并不存在这种淡如水的君子之交。他们的交情常常建立在包括金钱在内的好处实惠上，他们的义气常常不分是非善恶。

武松找蒋门神的碴，一定要把他赶出快活林，是因为施恩对他有情有恩——免了杀威棒，又好吃好喝地侍候着这位打虎英雄。于是二人结义。武松打完了蒋门神，对众人表白：“小人武松，自从阳谷县杀了人，配在这里，闻听得人说道：‘快活林这座酒店，原来是小施管营造的屋宇等项买卖，被这蒋门神倚势豪强，公然夺了，白白地占了他的衣饭。’你众人休猜道是我的主人，他和我并无干涉。我从来只要打天下这等不明道德的人!”（《水浒传》第二十九回）武松这番表白有两个问题，一是不实事求是。施恩不是武松的主人，这不假。但他也确实得到了施恩的好处，怎么能说“他和我并无干涉”呢？二是自我标榜。蒋门神倚势豪强，不明道德，固然该打。可那施恩又好到哪儿去？他自已说得明白：“小弟此间东门外，有一座市井，地名唤作快活林，但是山东河北的客商们都来那里做买卖。有百十处大客店，三二十处赌坊兑坊。往常时，小弟一者倚仗随身本事，二者捉着营里有八九十个拼命囚徒，去那里开着一个酒肉店，都分与众店家和赌坊、兑坊里，但有过路妓女之人，到那里来时，先要来参照小弟，然后许他去起食。那许多去处每朝每日都有闲钱，月终也有三二百两银子寻觅。如此撰钱。”（《水浒传》第二十九回）

不管武松出于什么动机，是报恩、还债，还是哥们儿义气，有一点是肯定的，他遵循的是黑吃黑的道德。

梁山人的义气与“仗义疏财”密切相关。“仗义疏财”是好汉们最看重的品德，这里的仗义，并非是依仗正义，而是讲义气，拿钱财给人。《水浒传》中的两位首领，晁盖、宋江。一个是保正，一个是押司，社会地位微不足道，武艺更是平平；之所以赢得江湖清望，为八方好汉钦仰，原因之一就是他们“疏财仗义”。或是将钱财送给贫苦之人，或是将钱财送给好汉。宋江接济闫婆惜，给她的父亲买棺材。鲁智探见金翠莲父女没有盘缠，将自己身上仅有的五两银子尽数送给他们还怕不够，又跟史进要了十两等行为属于前一种。可惜的是，这种布施济贫的事例在小说中并不多见，多的倒是后一种。李逵在江州舍命救宋江，最后吃了宋江的毒药也死而无怨，这种忠义行为是否与他刚一认识宋江哥哥，就收了宋江十两一锭的大银子做赌本有关？站在今天的立场上，宋江对李逵有收买的嫌疑，而李逵对宋江则有鹰犬的气味。而施恩与武松的关系中还带有“权力寻租”的性质——免杀威棒，是营管之职赋予他的权力，他并不因此而损一分一毫，反而还捡了一个大便宜——赢得了武二郎的一片赤胆忠心。如此仗义疏财，使梁山好汉蒙上了尘埃。

问题的复杂性在于，社会利益与集团利益有统一的时候，也有矛盾的时候，与之相关联的义也就有时统一，有时矛盾。这种矛盾来自于作者，当他脚踏两只船的时候，也就是说，当他既赞成社会道德，又赞成集团道德的时候，矛盾就产生了。在这种情况下，作品中就出现了双重的道德标准。

刘备为了给二弟报仇，置江山社稷于不顾，终于损兵折将，惊郁而死，以及关云长义释曹操，都是出于情、恩，前者要信守结义之情，后者是报答丞相旧恩。这是一种社会道德，作者对此是高度赞赏的，但是这种道德倾向，又显然与“拥刘反曹”的主旨相违背。也就是说，站在“拥刘反曹”这个立场上，刘备不顾恢复汉室的大业，关羽放走了最大的敌人，这些行为明摆着损害了整体的利益，是不道德的，是应该遭到谴责的。罗贯中仍以极大的热情赞赏它。

梁山好汉见义勇为，扶危济困，反抗压迫，打击黑暗势力，维护了社会道德，但是，滥杀无辜、抢劫财物、不分是非、仇视女性等等丑恶行径也同祥发生在这些好汉身上。这种非人性、反人道的行为，正是梁山式的集团道德的产物，夏志清先生之所以认为《水浒传》宣传了“匪党道德”（Gong Morality）[1]原因就是在这里。要命的是，好汉们的上述两种善恶对立的行为在施耐庵的笔下都得到了肯定。这些例证说明，《三国演义》《水浒传》奉行的显然都是双重道德标准。

一般地讲，在集团道德和社会道德相悖的情况下，改编者就要首先考虑社会道德。道理很清楚，对于今天的人们来说，谁是正统，谁不是正统，是无所谓的。只要他们的所作所为符合社会道德就可以接受。而被作者歌颂的社会集团中某些人物行为，一旦违背了社会道德（如武松的快活林行为）不管故事怎样精彩，故事中的人物是怎样了得的好汉，也一定不能姑息，否则改编后的作品在道德取向上就会犯方向性错误。

《三国演义》《水浒传》中的义，早已溶入了国人的血液里，落实到行动中。可以说，它是民族的粮食、武器、方向盘，将一代又一代地传下去。这里面有见义勇为、仗义行侠的正义和良善，也有结义、义气，只讲情、恩，不讲正邪的集团以至私人道德。熟人好办事，不给他办事，就不通人情，不够义气。这种事情在今天不是比比皆是吗？中国是个重人情而轻法律的社会，人治的堡垒在制度，也在文化。经济改革和社会

---

①夏志清 C.T.Hsia, The Classic Chinese Novel, Columbia U.P.N.Y. 1968 参见其中论《水浒传》一章。

文化转型正在使中国步入一个民主、法制和人道的社会。从古代的绿林亡命到近代的哥佬会、青红帮，从日渐兴盛的哥们义气到正在出现的黑社会组织，传统文化中的负面积淀，仍在我们周围生存繁衍。清除这些精神毒素，宣传普世道德，大众传媒责无旁贷。